JN067533

不器用社長は愛を手放さない

Kaho Matsuyuki
松幸かほ

CHARADE BUNKO

Illustration

秋吉しま

CONTENTS

1

キーボードをたたく音も、人数が揃えばそこそこの音になるんだな、と改めて思いながら、岸谷俊（きしやしゅん）はパソコンの画面から目を離した。

オフィスビルの立ち並ぶ一角にある、まだ比較的新しいビルの四階のフロア半分が、俊の働いているアプリケーションソフトの開発会社、Ｓ．ａｎｄのオフィスである。

起業してまだ五年ほどの新しい会社だが、業績はかなりいい。

そもそも社長である西條郁之（さいじょうふみのり）は起業前からアプリの企画と開発では業界で名の通った人物だったらしく、三十三歳という若さも相まって、ベンチャーの星などとありきたりな代名詞で飾られて、経済系雑誌各誌に取り上げられること数多（あまた）である。

その会社で働く俊は若手のＳＥ……ではなく、事務仕事をメインに担当している。

「岸谷くん、Ａ４のコピー用紙、最後の封開けたから発注かけてくれる？」

声をかけてきた同僚に、

「昨日発注してあって、今日の午後便で到着予定です。インクトナーも一緒に来ます」

俊は手元の発注メモを見ながら答える。

「さすが岸谷サマ、仕事早い」

返ってきた言葉に俊は控えめに微笑みながら、

「ありがとうございます。褒められて伸びるタイプです」

少しおどけて返す。

事務仕事といっても、俊が携わっている業務内容はいろいろである。

今のような備品管理と発注に、各種書類作成、ファイリング、郵便物の仕分け、今はさほど数は多くないが電話対応などなど、縁の下の力持ち的な仕事である。

最初は何をどうやればいいのかや、備品発注のタイミングなどもわからなくて、迷惑をかけてしまったこともあったが、転職してから一年が過ぎた今では、仕事にも慣れ、会社にもなじめていると思う。

そう、俊は、新卒入社ではない。

転職前は保育士として保育園で働いていた。

子供が好きで、子供と関わる仕事がしたかったからだ。

しかし、就職した園での保護者や同僚との人間関係にも苦労し、さらに持ち帰りでやらなければならない園での各種催しの飾り物作りや、園児を遊ばせるためのグッズの下準備などが多すぎる上に、給料が安かった。

もちろん、子供たちの笑顔はプライスレスではあったのだが、それで癒されきれないものの方がはるかに大きく、疲弊しきって何も考えられなくなる前にと転職したのだ。

未経験の事務職という仕事が務まるかどうか、最初は不安しかなく、ミスもやらかしたが、幸いにして温かく見守ってもらえたおかげで、なんとかそつなくこなせている。

社内規定の書式で見積書を作成していると、パソコン画面の右下に社内メールの到着を知らせるアイコンが出てきた。

『水江の発注関連について』

というタイトルで、送信者を確認して俊は人知れず息を呑む。

社長の郁之からだった。

郁之が各経済誌で取り上げられるのはその業績と手腕が評価されているからなのはもちろんだが、若いイケメンだから、というのも絶対にあると俊は思っている。

それもクール系…というか、無表情系イケメンだと思う。

そして、そんな郁之が俊は少し苦手というか、無表情で感情を読み取れない分、関わる時にはちょっと覚悟がいる。

メールを確認すると、少し前に発注処理でもめた案件についての経緯説明を求めるものだった。

メールで返すよりも、口頭で説明した方が早いしわかりやすいなと思ったので、説明に必要な関係資料をまとめてから、

『口頭で説明させていただいていいですか』

と返信すると五分ほどでＯＫの返事があったので、まとめた資料を持って郁之のデスクに近づいた。

その気配に郁之が仕事の手を止めたので、俊は「水江の件ですが」と説明を始めた。

それは、消耗品の納品関係で少しトラブルになった件だ。こちらの発注した商品が向こうのミスで別商品が納品され、返品して改めて納品となったにもかかわらず、あちらでは納品済みで処理され、正しい商品が届く前に代金の請求が回ってきた。当然こちらは商品が来ていないので払えないと問い合わせたところ向こうの担当者がそんなはずはない、納品したと言い張ってきた。

本来であれば、そんな些末（さまつ）な事柄が郁之の耳に入ることにはならないのだが――数十万円単位ならまだしも、数万円クラスなら俊のような事務職や経理事務での話し合いでたいていの場合は話がまとまる――たまたま向こうの担当者の上司が郁之の知り合いだった。

それで郁之の耳に入ったのだが、向こうの担当者は、こちらの発注ミスで返品されたと言い張っていた。

もちろん、俊は発注控えからやり取りのメールから、すべてを残していたので、それを出し、結局、間違っていたのは向こうの担当者だということが判明した。

「取り寄せて納品ということになっていた商品でしたので、もめている間に他業者に手配してすでにそちらから弊社には納品されています」

そうしなければ、こちらの業務に差しさわりが出るのだから仕方ない措置だ。誤発注の件はさておき、改めて手配をし直してくれればそんなことにもならなかったのだが、相手の担当者はなぜかムキになっていて、それすらしてくれなかったのだから、いくら付き合いのある業者だといっても仕方がない。

「それで、水江さんの方は水江さん事情でのキャンセルという扱いになりました」

説明を聞く間も郁之の表情は動かない。

まるでよくできた彫刻でも見ているようだな、などと思っていると、

「そうか、わかった。ありがとう」

不意に返事があり、俊は一瞬、戸惑った。

「いえ。では、失礼します」

一礼して、俊は席に戻る。

——やっべ、一瞬、彫刻が喋った、とか思った……。

そんなことを思いながら、机に向かい、途中になっていた書類作成に戻る。
S．ａｎｄはまだそこまで大きな会社というわけではなく、従業員数は四十人程度だ。だから、社長とはいえ郁之も同じ部屋にいるので顔は毎日見るのだが、アプリ開発に携わらない俊が郁之と絡むことはほぼない。

今日のようなことは本当に稀で、だから余計に緊張するし、慣れない。

それでも業務に関係したことだけの話だから、普通に話せ……ていたと思う。

――それにしても、本当に整った顔だよなぁ。

郁之の顔を思い出しながら、胸の内で呟く。

百八十五センチはありそうな長身に、整いすぎて作り物かと思うようなイケメン、そのうえ社長という肩書があれば、私生活については全く知らないが、モテないわけがないだろう。

それをうらやましくないと言えば嘘になってしまうが、それでも、俊は今の生活に満足している。

保育士時代は残業はもちろん、家に帰っても、休みの日ですら仕事に追われていたが、今は残業すら滅多にない。

家に帰れば趣味に没頭できる。

俊の趣味は特撮ヒーローの推し活である。

子供の頃から大好きで、戦隊物のシリーズももちろん好きだが、一番好きなのは、ソードライダーという刀を持って戦うヒーロー物だ。

初代から四十年以上、途中で何度か休止時期がありながらも続いている人気シリーズで、今は十三代目のシリーズが子供たちに人気である。

かつて子供だった俊のような――俊よりもはるかに年上の――大人ファンも多く、多くのマニアがいることでも知られている。

――今日はジャンク品のフィギュアが到着する予定だから、とりあえず洗浄だけすませちゃって、昨日、サフ吹いたやつはマスキングして彩色し始めて……。

家に帰ったらすることを頭の中で思い描く。

子供の頃、俊はあまりグッズを買ってもらうことができなかった。

理由は、俊が五歳の時に父親が事故で亡くなって母子家庭となり、そういったグッズ類を買ってもらえるほどの余裕がなかったからだ。

子供心に、なんとなくそれは理解していたので「買って、買って」と駄々をこねたことは、多分ないと思う。

だが、その頃の我慢が、自分で稼げるようになって弾けた。

今、俊は一人暮らしをしているのだが、やりくりして捻出したお小遣いの大半を、歴代ソードライダーのグッズ集めなどに使っている。

状態のいいものはオークションでも高騰して手が出せないのだが、ジャンク品であれば比較的安価で手に入る。

俊はそれらを自分で再塗装したり、欠けたパーツを作り直したりして修理するスキルを身に着け、その過程も楽しんでいるのだ。

──それに、日曜は遊園地のショーもあるし。

俊の好きなソードライダーは、主に休日にショーをいろいろな場所で開催している。基本的に子供向けなので、遊園地などの野外ステージで開催されることも多い。今度の日曜はそれを見に行く予定なのだ。

もちろん、一人で、だが。

それでも会場に行けばショーが楽しくて一人でいることを忘れるし、自分と同じような大人ファンと交流することもある。

──楽しみ。

俊の年齢を考えれば、一般受けしづらい趣味であることは承知しているが、好きなものは好きなのだから仕方がない。

──よし、お仕事頑張ろ!

俊は気合を入れ直し、書類作成に本腰を入れた。

さて、日曜がやってきた。

遊園地の野外ステージではソードライダーの華麗なショーが行われていた。

八割がた埋まった会場のほとんどは現役の子供（？）とその保護者で、メイン客は彼らだということを重々承知している俊のような往年のファンたちは、会場の端の方の席に座って参加する。

もちろん、前の席に陣取って撮影に余念のないファンもいるのだが、彼らもある程度はわきまえている。

それというのも、別の作品のショーで、コアな大人ファンが、主催者がメインと考えている客層とトラブルを起こして問題になったことがあるからだ。

その事件で懸念されたのは「子連れ以外を締め出すなんて事態になるのでは？」ということで、大人ファンたちは自制するようになった。

それでも眉を顰（ひそ）めるような態度を改めないファンについては、裏で粛清が行われたとかされなかったとか、そんな噂がある。あくまで噂だが。

子供もだが、大人ファンだって、楽しい時間を過ごしたいのだからトラブルはゴメンなのだ。

ショー開始時刻をやや過ぎた頃、会場内に今期のソードライダーのテーマソングが流れだすと子供たちが自然と立ち上がり、ステージ上を注視する。

テーマソングが終わる頃、ステージに現れたのは敵役のスーツアクターたちだ。

ふははは！　と不敵な笑い声をあげると、

『ここに元気のいい子供たちが集まっているな！　生贄には丁度いい！』

と会場にいる子供たちを襲う宣言である。

その宣言に司会進行役である女性が、

『そんなことはさせないわ！　ソードライダーがきっと私たちを守ってくれる。さあ、みんな、声を合わせてソードライダーを呼びましょう！』

と子供たちにソードライダーの呼び込みをさせる。もちろん、声が小さいわ！　もっと大きな声でなどと煽って、三回ほど呼ばせると、ソードライダーの登場音楽が流れ主役が舞台袖から入ってくる。

こういうショーでは当然だが変身前の俳優は出てこない。

出てくる時は変身後の姿であることがお約束なのだが、子供たちの中には、変身後の姿での登場でぽかんとしている子もいる。

変身前の俳優のファンらしき女児は「ショウくんは？」とソードライダーが人の姿の時の役名を言いながら母親に聞いていていたりする。

子供ファンあるあるだなぁと思いながらも、

――あのスーツアクターの人、いつもの人じゃないな……。

登場ポーズの手の位置が違う、などと細かな部分を胸の内で呟きつつ、すぐに始まるアクションシーンではその華麗な動きに見入る。

敵が倒され、平和が取り戻された後に待っているのは、ファンとの交流タイムである。子供たちからの質問を受け付け、それをソードライダーが司会に耳打ちして、司会が答えるという流れである。

そして、今日のショーの最後は勝ち抜きジャンケンがあった。

最後の十人に残るとグッズがもらえるとあって、それには俊も参戦した。

そして運よく勝ち残り、呼び込まれてステージ上に向かうと、十人の中には三人ほど、保護者ではない大人ファンがいた。

保護者ではないとわかるのは、保護者が勝ち残った場合は子供に代わりにステージに行かせるか、一緒に上がってくるかのどちらかであることが多いし、何より、大人ファン同士は黙っていても、感じるものがあるのだ。

そういう大人ファンが混ざっていても、こういうショーではたまにあることなので、司会側も慣れたもので特にいじってはこない。

賞品を渡しながら、他の子供たちにするのと同じようにソードライダーのどういうところが好きか、などと聞いてくるので、マニアックすぎない無難な——何があっても諦めない強さが好きだとか、衣装が好きだとか——そういうことを答えるのが常である。

俊が賞品をもらい終え、隣の子供にインタビューの順番が回った時、俊は反対隣りにいた三、四歳に見える男の子の靴紐がほどけているのに気づいた。

俊は少し背をかがめて、

「靴紐がほどけてるけど、結んでもいい?」

そう聞いてみた。大人しそうなその子は急にかけられた声にぽかんとしていたが、足元を指さして、

「靴の紐がほどけてて危ないから、結ぶね?」

確定した言い方をすると、頷いた。それを確認して、俊は靴紐を結んでやる。その間に全員のインタビューが終わってステージから下りることとなった。

階段は特に子供向けに作られているというわけではない。さっきの子供には一段がやや高いだろう。

「階段危ないから、お手々つなご?」

笑顔で言うと、子供はまた頷き、手をつないで一緒に階段を下りる。

ステージから下りると、ステージ下には子供を迎えに来ている保護者たちがいた。

俊はあらぬ誤解を生まぬように、あくまでも階段が危ないから手伝っただけですよ、の態ですぐに手を離し、バイバイと手を振って、自分のもといた場所に戻ろうとすると、

「あ、君、ちょっと待って」

そう声をかけてきた男がいた。

それはさっき一緒にステージ上にいた四十代に差し掛かったかどうか、といった年齢の大人ファンだ。

「そのリュックについてるキーホルダーなんだけど」

「あ、これですか？」

ショーは締めの段階に入っていたが、邪魔にならないようにそのまま端に捌けながら話す。

俊がつけていたキーホルダーは、十代目ソードライダーの小さなアクリルキーホルダーだ。ダブルファスナーの片方ずつに同じものをつけていた。

「それ、探してたんだ。申し訳ないけど、一つ譲ってもらえないかな」

「これですか？　傷だらけで状態悪いけどいいんですか？」

ガチャ景品という量産品で、俊が手に入れたのも保護者がグッズをまとめて、という福袋的な形でオークションに出品していた中に二つ入っていたものだ。

状態のいい物をすでに持っていたのでそちらは家に飾り、使用感のあるこちらはサイズが丁度いいからつけていた。

俊がファスナーから外し始めると、

「え、いいの？」

男は驚いた様子で言う。

「はい。家にも、まだもう一つありますし……」

そう返して外したキーホルダーを渡す。

「うわ、嬉しい。ずっと探してたんだ」

「そうなんですか？　よく出回ってた印象あるんですけど」

「五年くらい前まではね。でも、量産されすぎたし、十代目ってちょっと不人気だったから値段が付かなくて中古ショップでも買い取り拒否だったりしたことがあるんだよね。オークションに出しても、回転寿司状態のものが多かったしってとこもあって捨てちゃった人がほとんどで、いざ欲しいってなって探すと、今はないんだよね」

「あー、あるあるですよね」

俊はあまり高額になるような商品には手を出さないし、コンプリート欲もない。

単純に子供の頃に買えなかったものが、いろいろ集まるのが楽しいし、ソードライダーでいっぱいの自分の部屋が大好き、という部類のオタクなのだ。

「いくら支払えばいいかな」

「え、いいですよ。ほんと、表面傷だらけで状態悪いですし」

「それだと気がすまないから。あ。俺のダブリグッズの何かと交換って形でもいい？」

男はそう言うと自分のリュックを開け、細かなしきりが自作されているA４サイズのフアイルケースを取り出した。

　中にはアクリルキーホルダーやラバーストラップが綺麗(きれい)に並べられていた。

「うわ、凄いですね」

「カード類もあるよ」

　ショーはすでに終わり、会場からはどんどん客が出ていく。そんなことはお構いなしに俊たちは近くの席に腰を下ろした。

　すると、他の大人ファンたちも、何してるの？　的に集まってくる。

　こういう時にマウントを取ってくる輩(やから)もいるのだが、今日はそういったタイプのファンはおらず、披露されるグッズにみんな和気あいあいと話し出す。

「十代目って最初見た時は、それまでと系統が違ってたから、受け付けなかったんだよね」

「あー、わかります。あの時代にしてはトガりすぎっていうか」

「そうそう。だから一期だけで終わっちゃったけど、今見返したらいいじゃん！　みたいな」

「まあ、それでもやっぱ好き嫌い分かれるよね、十代目は」

　譲ってもらったキーホルダーと交換品を選んでもらっている、という話から、十代目の話に花が咲く。

それを聞きながら、俊は自分が狙って手に入れられなかったキーホルダーを見つけた。

「あ、これ、いいですか？」

自分が渡したものはほとんど値段のつかないレベルになるくらい細かな傷があるものだが、それは今でもきちんと値段のつく商品だし、傷もない綺麗なものだ。だから気が引けたのだが聞いてみると、

「あ、いいよ、いいよ」

男は軽く言ってくれた。

「ありがとうございます、大事にします」

俊はそう言うと、受け取ったキーホルダーを大事にリュックのポケットにしまい込む。

「そう言えば今日のショーの中の人、前の人と違ってたね」

誰かが言うのに、

「そうですよね？　登場の時の手の角度が違ってて」

俊は即座に反応する。

「そうそう！　テレビだとあの角度なんだけど、舞台だともうちょい上でひねった方が見栄えがいいんだよね」

ステージ上では空気を読んで一般受けするコメントを言える良識派な俊も、大人オタク同士となると遠慮がないトークで盛り上がる。

そのままひとしきりみんなで歴代ライダーの話で盛り上がった。

——あー、今日のこの記憶だけで一か月は頑張れる。

帰りの電車の中で、充実した一日を思い返しながら、明日からもまた頑張るぞ、と俊は自分を鼓舞した。

2

月曜、昨日の楽しかった記憶を胸に、俊は元気に出社していた。

午前中はなんの問題もなくいつも通りに仕事をこなしていたのだが、午後の仕事が始まって少しした頃、その電話はかかってきた。

「はい、S．andです」

『あの、ひまわり保育園の者なのですが、西條郁之さんはいらっしゃいますでしょうか』

「西條…」
S．andに既婚の社員はいるが、保育園に子供を預けているというような者はいないというか、そんな話は聞いたことがない。
なので、なぜ保育園から電話がかかってきたのかという疑問でいっぱいだった俊は、相手が所在を聞いている人物が誰かすぐにはわからなかった。

――西條って…誰……って社長⁉

確かフルネームで「西條郁之」と言っていた気がする。

それは間違いなく社長の郁之である。

「少々お待ちいただけますでしょうか？」

俊は電話を保留にして、慌てて(あわ)パソコンで全社員の共有スケジュール表を確認すると昼前から社外と記載されていた。

――うわ、タイミング悪……。

そう思いながら、俊は保留を解除した。

「申し訳ございません、西條はただいま社外におりまして。よろしければ伝言を承りますが」

元保育士としては、恐らく預けている子供に何かあっての連絡だということは予想できる。急な病気やケガはよくあることだ。

それに関してのお迎え要請だろう。

案の定、要件は預けている子供が発熱して迎えに来てほしいというもので、郁之の携帯電話にかけたがつながらず第二連絡先になっている会社にかけてきた、ということだった。

「かしこまりました。至急、連絡を取ってこちらより折り返します」

そう言ってから、とりあえず連絡を受けたのは自分であることを示すために、俊は相手に名乗ってから電話を一旦終える。

――社長っていつ戻るんだろ？

帰社予定時刻は記載されていなかった。

こっちから連絡を取ろうにも、保育園からの電話に出ないのなら、こちらからかけても結果は同じだろう。

それなら、取る手段は一つである。

俊は席を立つと、寺沢（てらさわ）という重役のもとに向かった。

重役と言っても同じフロアにいるし、年齢も郁之と同じだったはずだ。

起業時からのメンバーで、郁之の秘書的な立場というか、右腕として会社を支えている男である。

「寺沢専務、いいですか？」

普段、寺沢ともあまり接点がないので少し緊張するが、寺沢は郁之と違いフレンドリーな雰囲気の男なので、いくらかマシだ。

「どうした？」

「社長にひまわり保育園というところからお電話がありまして」

そこまで言っただけで、寺沢は「うわー」と言い出しそうな顔をした。

「お子さんが体調を崩されたので、至急迎えに来ていただきたいと。社長が携帯電話にお出にならないのでこちらに連絡が」

「あー…、あー……多分会議が白熱してて出られねーんだろ。ちょいシビアな感じじっつってたから。わかった、俺が折り返すわ」

「園の電話番号、控えていますが」

「いや、俺の携帯に入ってるから。ありがと」

寺沢が言うのに、俊は軽く会釈をして席に戻る。あの様子だと、寺沢は園の人間と面識があるようだから、心配ないだろう。

――っていうか、社長って子供いたんだ？

ということは、結婚もしているのだろう。

イケメン、高身長、社長とくれば、女の方で放っておくわけがない。

――でも、その場合奥さんに連絡行かないか？

保育士時代にはやはり、母親に連絡をすることが多かった。もちろん、母親がバリキャリで第一連絡先が母親以外ということもあるので、一概には言えないが。

――ま、プライベートにあんまり首突っ込むもんじゃないしな。

気にならないと言えば嘘になるが、その辺りがはっきりしたところで特に俊に関係がないので、とりあえず考えないことにして仕事に戻る。

少しすると寺沢が出かけていき、一時間ほどで戻ってきた。

三歳から四歳くらいの、大人しそうな可愛い男の子を連れて。

社内では滅多に見ることのない子供の登場に、社員たちが少し浮足立つ。

ソードライダーのイベントに行っているので身近で子供を見かけることは他の社員より

も多いし、元保育士なので見慣れてはいるが、やはりオフィスフロアに子供が、という状況は特殊で、俊もそちらに視線を向けた。

——可愛い子だけど……どっかで見たか…？　っていうか、子役の誰かに似てんだっけ？

そんなことを思いつつも、俊は書類作成を続ける。

だが、ほどなくして寺沢が俊のもとにやってきた。

「岸谷くん、ちょっといいか？」

「はい？」

「確か、保育士の資格持ってたよな？」

「あー…、はい」

この時点で、言われることを俊は察した。

「悪いが、あの子を見ててもらえないか？　俺、この後、商談で社外なんだ。社長は連絡が取れたがまだしばらく戻れないそうだ。俺か、社長が戻るまでの間」

予想通りの言葉だったので、俊は頷いた。

「それは構いませんが、保育園からの呼び出し理由は？」

理由によって対応を変えなければならないので聞いてみた。

「熱がある。本人は自覚してないようだが」

本人はたいしてつらいと感じていないのだが、自然と動きが鈍ったり、気怠そうにしているので熱を測ってみると、保育園的に迎えに来てほしいレベルで発熱していた……などというのは、よくある話だ。

「病院に連れていかなくても？」

念のため聞く。

「この時間、病院の診察時間じゃないし、かといって救急で行くような感じでもないから、大人しくさせておくしかないだろう」

まあ、確かにそれしかないだろう。

とはいえ一人で放っておくには問題のある年齢だ。

「わかりました。とりあえず、顔つなぎだけしてもらえますか？」

いきなり見知らぬ俊が現れたら、精神的に落ち着かないだろう。迎えに行くくらいだから寺沢とは顔なじみだろうし、その寺沢から紹介してもらえば少しはマシなはずだ。

「ああ、わかった。来てくれるか」

寺沢に言われるまま、パーテーションで区切られた軽い打ち合わせ用のコーナーに向かった。ちゃんとした商談には、同じフロアにある別の部屋を使うが、挨拶に毛が生えた程度の打ち合わせによく使われる場所だ。

ソファーセットとローテーブルが置かれていて、ソファーの三人掛けの方に、子供は大人しく座って待っていたが、どこか落ち着かない様子だ。

「晶郁くん、待たせてごめんな。寺沢のオジサンはこれから仕事で出かけなきゃならないんだ。その間、このお兄ちゃんが晶郁くんと一緒にいてくれるから、待っててくれるか？」

寺沢の説明に晶郁と呼ばれた子供は俊の顔を見て、

「そーどらいだーのおにーちゃん……」

呟くように言った。

「え？」

突然、ソードライダーの名前が出てきて驚いたが、何ゆえにソードライダーが出てきたのかがわからない。

登場人物に自分と似たタイプがいるかといえば、否だ。

キャベツとレタスが同じものに見える幼さを差し引いても、否である。

戸惑っていると、

「……ゆーえんち」

消えそうな声で子供は再び呟いた。

それに記憶をさかのぼらせて、目の前の子供が、昨日、ステージで隣にいた子供だと気づいた。

——だから、どっかで見たことある気がしたのか……。

妙に納得をしつつも、まさか自分が勤める会社の社長の息子とあんなところで会うなんて、そしてこんな形で再会するなんて、驚き以外の何ものでもない。

しかし、それを押し隠しつつ、

「そうだねー、昨日会ったねー」

親しみを込めて言いながら膝をついて、晶郁と視線を合わせる。

晶郁は少し嬉しそうな、安心したような様子で頷いた。

「お熱出ちゃったんだって？　頭が痛かったり、のどが痛かったりはしない？」

俊の問いに晶郁は頷いた。

「ちょっとおでこと首元触るね？」

そう言って直に手で触れて熱を確認するが、確かに今すぐどうこうしなくてはならない感じではなさそうだ。とはいえ、この程度の発熱があれば自分が受け持っていてもお迎えを頼んだだろうと思う。

「後、頼んでいいか？」

打ち解けた様子なのを確認して、寺沢が言う。

「はい、大丈夫です」

俊が答えると寺沢が軽く頷いて衝立の向こうに消える。

「晶郁くん、少し横になろっか」

気怠そうにしているので、そう促して、靴を脱がせてソファーに寝かせる。

そして少し待ってて、と言い置いて自分の席に向かい、ひざ掛けを手に取るとそれを持って戻ってきた。そして寝ている晶郁にかけてやる。

できるだけ目線を合わせてやる方がいいので、俊は床に直接座った。

「晶郁くんもソードライダー好き?」

「ん…すき……」

「変身する時、格好いいよね。シャキーン、シャキーンって」

手の動きを軽く真似ると、晶郁は目を輝かせた。

「じゃんぷして、くるってまわって、わるいひとたおすの」

「わかるー! マントがひらひらってなって、ズバッてソウル・ソードで切り捨てちゃうとこ、あれ格好いいよね」

「ん、すき」

晶郁の語彙は少ないが、それでも俊が言っているシーンがちゃんと脳内で再生されているのがわかる。

歳の差はあれど、好きなものが同じであれば、ある程度の差は埋まる。

途中で一度、飲み物を買いに離れたが、その間も晶郁は大人しく待っていた。

脱水症状が怖いので、一度体を起こさせて買ってきた麦茶を飲ませる。

自覚はなくとも体は水分を欲していたのか、口を離すことなく、一気に三分の一ほど飲んだ。

「もう少し飲む？　今はもういい？」

「いい」

「じゃあ、蓋閉めてここに置くね。のど渇いたら言って？」

そう言いながら、再び体を横たえさせる。

「あのね、きのーのあさのね……」

晶郁は昨日の朝の放映分の話をし始めたが、途中で話す言葉が不明瞭になり、そのうちウトウトとし始め、寝入った。

それを見届けてから、俊は自分の席からパソコンと資料を持ってくると、向かい側のソファーに腰を下ろし、ローテーブルにパソコンと資料を置いて仕事を始める。

机の高さが合わないので、効率はよくないが、イレギュラーなお役目を仰せつかっているのだから多少は大目に見てもらおうと開き直る。

それから一時間少し経った頃、郁之が戻ってきて姿を見せた。

「あ、社長、お帰りなさい」

仕事の手を止めて言うと、郁之は寝ている晶郁に視線をやってから、俊に目を向けた。

イケメンと視線が合うと、同性であってもちょっとドキッとするななどと俊は思った。もちろん、それは郁之が並外れたイケメンだからだろうとは思うが。

「寺沢から、熱が出て保育園に迎えに行った後、君に世話を任せたと聞いた」

「はい、保育士の資格持ってるの、ご存じだったみたいで」

「世話をかけてすまない。助かった」

「すぐ、お休みになったんで世話ってほどのことはないです。起きた時に誰もいないと不安かなと思って、ここにいるだけなんで」

体調不良の上に、知らない場所でひとりぼっちで目が覚めたら不安だろうと思うから、俊は席に戻らずここに仕事を持ち込んだのだ。

「どんな様子だった？」

「晶郁くんの平熱がどの程度かわからないんですけど、手で触った感じ、七度五分くらいかなって感じで、心配するほどじゃなさそうでした。さっき、一度、額に触ってみましたけど、その時はもう下がってる感じで。あと、眠る前に麦茶を飲ませたので、脱水の心配はないと思います」

そう言うと、郁之は安心したような表情を見せたが、

「でも、できればお家で寝かせてあげたほうがいいと思います」

とりあえず、付け足して言っておく。

ここでも眠れているとはいえ、家で眠るのとは安心感が段違いだ。

「ああ、そうしてやりたいんだが、まだこの後予定が入っているから難しい。寺沢が戻ったら調整するから、すまないが終業時間までこのままついていてやってくれないか」

「わかりました」

言うべきことは言ったので、俊は大人しく返事をする。

郁之はもう一度、晶郁の寝顔を見てから、打ち合わせコーナーを後にした。

晶郁が目を覚ましたのは、それから二十分ほど経った頃だ。

寝ぼけた様子で視線を泳がせてから俊を見た。

「晶郁くん、起きた？」

問うと、頷いた。

俊はテーブルから離れ、晶郁の側に膝をついて、熱を確認する。

来た時のような熱さはないから、恐らく下がったのだろう。

体を起こして麦茶を飲ませながら、

——さーて、どうするかな。寺沢専務、まだ戻ってきてないし……社長は仕事中だし。

そんなことを考えていたが、飲み終えた晶郁は俊を見ると、

「ぱぱは？」

父親である郁之の所在を聞いてきた。

「晶郁くんが寝てる間に、帰ってきたよ。でも、まだお仕事中」

「ぱぱ、どこ？」

その問いに、俊はほんの少し考えてから返す。

「お喋りできないけど、お顔だけ見に行こうか？」

晶郁が起きたことを郁之に伝えておく必要もあると思ったからだ。

うん、と頷いた晶郁を抱き上げて、俊はパーテーションの外に出る。

パーテーションの外では社員が黙々と仕事をしていた。

郁之も自分の机にいたが、オンラインで商談中のようだ。

「パパ、あそこにいるよ」

俊がそっと指さすと、晶郁はほっとしたような表情になる。

「ぱぱ」

「お仕事中だから、しー、できる？」

「ん、しーする」

「じゃあ、ちょっとだけ、近くに行って、お手々振ろうか」

俊はそう言って、郁之の机に近づく。近づいてくる人の気配に気づいたのか、郁之は俊と晶郁の方を見た。

「ぱぱ」

そう大きくはない、けれど、郁之に聞こえる声で晶郁は言い、手を振った。

それに郁之は微笑みを返してきた。

——あー、やっぱ笑ったりもする人なんだ……。

当たり前といえば当たり前なのだが、無表情…クールなイメージが強くて、笑った顔は初めて見たかもしれない。

そのうち、郁之は画面に目を戻した。

「晶郁くん、パパはお仕事忙しいから、向こうで俺と一緒に遊んで待ってようか」

声をかけてから、俊は晶郁と再びパーテーションの中に戻ると、コピーの裏紙を使ってお絵かきを始めた。

「お、晶郁くん、元気になったのか?」

戻ってきた寺沢が、様子伺い(うかが)にやってきた。

「平熱を知らないんでなんとも言えませんけど、ほぼ平熱か、ちょっと熱いくらいだと思います」

俊が答えると、寺沢は保育園から連れ返ってきた時とは違う晶郁の様子に納得したように頷いた。

「そうか。……晶郁くん、もう少しこのお兄ちゃんと一緒にいてくれ」

その言葉に晶郁が頷き返すのを見てから、寺沢は俊に目配せをした。

恐らくこれから郁之とこの後のことを相談するつもりなのだろう。

——この後、まだ予定が詰まってるって言ってたから……。

一応終業時間までついているように言われていたので、郁之が早退して連れて帰るという線がないことだけはわかる。

寺沢と相談すると言っていたから、寺沢がなんとかするのだろう。

そんなことを考えながら、俊が描く、丸と棒でできた人の絵を見る。

「ぱぱ」

大きな丸で描かれた人らしきものを指さし、晶郁は言う。

「パパ、大きいね」

俊が言うと晶郁は頷いた。その横の、少し縦に長い丸と長い棒の絵を指さし、

「そーどらいだー」

と言ってくる。どうやら長い棒はソードライダーが持っている刀らしい。

「あ、ソウル・ソード持ってるねー」

その言葉に晶郁は嬉しそうな顔をした。

「わるいひと、やっつけるの」

「ソードライダーは強いもんね」

俊が言った時、郁之と寺沢が俊と晶郁のもとにやってきた。

「岸谷くん、今日は世話になったな」

「いえ、もうお帰りになれそうですか？」

俊は郁之に聞いたが、微妙な表情を見せた。

「いや…、この後どうしても外せない用が入ってるから、俺の代わりに寺沢が連れて帰る」

「そうですか。……じゃあ、晶郁くん、おうち帰る準備しようか」

俊はペンを握ったままで郁之を見ている晶郁に声をかける。

「……ぱぱとかえる？」

「パパは、お仕事があるから、晶郁くんは先に、寺沢さんとおうちで待っててって」

俊が説明すると、晶郁は首を横に振った。

「や」

「晶郁くん」

「や！」

短い拒絶を繰り返す晶郁に郁之は歩み寄ると抱き上げてしまおうとする。だが、とっさに晶郁は俊の服を摑んだ。

「やぁだぁ……！　ぱぱとかえる…！」

そう言って突如、号泣した。

あーあ、と言い出しそうな顔の寺沢に対し、郁之は晶郁の様子に明らかに戸惑った表情をしていた。

予想外のことが起きた、というようにも見えたが、それとは別の戸惑いも見て取れる。

――普通、こういう時ってたいていのお父さんは怒るんだけどな……。

叱りつけて強引に言うことを聞かせる親が割と多い。

子供が納得するまで付き合う、などという理想的な子育てを馬鹿正直に実践しようとしたら、一日が何時間あっても足りないからだ。

抱き上げかけた姿勢のままで固まってしまった郁之だが、晶郁が俊の服を離そうとしないので、抱き上げるのを諦める。

自然、宙に浮いていた晶郁の足が床につき、俊は郁之を見るととりあえず頷いて、晶郁を抱き上げ、号泣し続ける晶郁の背中をあやすようにポンポン叩いて、微妙に体を左右に揺らしながら、号泣が収まるのを待つ。

――どうするかなぁ……。

郁之が外せない用事があるのはわかる。

寺沢に視線を向けると、寺沢は微妙な顔をした。

この状況で晶郁を渡されるのはちょっと、といった様子だ。

「じゃあ、晶郁くん。パパが帰れるまで俺と一緒に待つ？」

その言葉に、郁之と寺沢は驚いた顔で俊を見た。だが、晶郁は俊の言葉に、しゃくり上げながら、

「…っにぃちゃ…、いっしょ……？」

確認するように聞いてきた。

「うん。ソードライダー、一緒に見て、待ってようか」

そう言ってやると、晶郁はグズグズと泣いたままではあるが「みる」と言って頷いた。

とりあえず今は宥めるのが先決だ。

「じゃあ、パソコン準備しようね」

俊は晶郁をソファーに座らせてから、郁之を見上げ「動画、いいですか？」と確認を取る。それに郁之が頷いたのを確認してから、公式の動画配信サイトに向かい、再生を開始する。

ややすると、晶郁は動画に釘付けになり、その晶郁に、

「ちょっと待っててくれる？　パパと、何時頃帰れるかお話聞いてくるから」

そう声をかけて、郁之と寺沢と一緒に一旦、パーテーションの外に出た。

号泣騒ぎに社員たちは自然とこちらに注目していたが、三人が出てくると、視線をそらして仕事に戻った。

「社長、この後のご予定は？」

「予定では八時終わりの会談が入ってる。……長くなる可能性もあるが」

「俺は、あと三十分くらいでキリのいいとこまで行けると思うから、定時よりちょっと遅いくらいで上がれる。それで、俺がこいつの家に連れていって、こいつが帰るまで見てる予定だったんだけど」

　寺沢が言うのに、

「余計なことを言ってすみませんでした」

　俊は素直に謝る。しかし、

「いや、ありがたいよ。あの号泣状態見たら……連れて帰る時もひと悶着あるのは想像つくし…そうなったら疲れて寝るまで、ずっと泣いてるから」

　寺沢は苦笑いしながら言い、聞いている郁之も渋い顔だ。

　どうやら、過去に似たようなことがあったらしい。

「今日はおうちで晶郁くんを見てくれる方は、いらっしゃらないんですか?」

　俊は『今日は』と限定する形でオブラートに包んで聞いてみた。

　大体の家では母親がいて、子供を見るだろうが、昨今の家庭事情は様々で、問うのに気を遣わねばならないし、郁之のプライベートに踏み込むような話だ。

「ベビーシッターと相性が悪くて、新しいシッターを探しているところだ」

　郁之が言うのに、そうですか、としか俊は返せなかった。

「俺は、子供の扱いにそこそこ慣れてるので、社長がお戻りになるまでここで晶郁くんと待つっていうのは問題ないんですけど……八時となると、食事とか、寝る時間の兼ね合いなんかもありますよね」

もちろんここで適当に買ってきたもので食事をさせ、寝落ちしたら翌朝、手早く入浴させて登園させる……などということもできるだろうが、かなり慌ただしいだろう。

思案する様子の郁之に、

「岸谷くんが一緒なら、家に戻るの嫌がらないんじゃないか？」

寺沢が言う。それに頷いたのは、郁之ではなく、俊だ。

「ソードライダーを家で一緒に見ようって言ったら、頷いてくれるかもしれません。……その場合、俺が社長の家にお邪魔することになっちゃうんですけど」

親しくもない社員に家に上がり込まれるのは嫌なんじゃないかなと思いつつ聞いたが、

「いや、頼めるなら、ありがたい」

晶郁を機嫌よく帰宅させられるなら、その方が得策だと踏んだのか、郁之はあっさりOKした。

「じゃあ、晶郁くんの意思確認してきます」

俊はすぐパーテーションの中に戻った。郁之と寺沢は入り口辺りで様子を窺（うかが）っていて中に入っては来なかった。

丁度前半パートが終わって、ＣＭ前のジングルが入ったところで、俊は一度動画の再生を止めた。

「晶郁くん、パパと話したんだけど、俺のお仕事終わったら、晶郁くんのおうちに行って一緒にソードライダー見ながらパパが帰ってくるのを待たない？」

「……おにいちゃん、おうちくる？」

用心深そうな目で聞いてくる。

「うん。晶郁くんのおうちに行って、一緒にソードライダー見よ？」

俊が言うと、晶郁は頷いた。それに、俊が入り口の方を見ると、寺沢はＯＫサインを出し、郁之も安堵(あんど)したような顔をした。

俊は頷き返し、晶郁の隣に座ると仕事は諦め——何しろ、俊が支給されているパソコンは、今、ソードライダーの再生の真っ最中だ——一緒に動画の続きを見ることにした。

仕事中なのに申し訳ないなという思いはあるが、終業時間まで晶郁を見ていてくれと頼まれたのだから、多少は大目に見てもらえるだろう、などと自分への言い訳を胸の内で繰り返し、俊は、終業時間まで晶郁と一緒に動画を見ていた。

3

寺沢の仕事が終わるのを待って、俊は寺沢とともに晶郁を連れて郁之の家にやってきた。

郁之の家は超が付く高級マンションだった。エントランスロビーにはコンシェルジュ常駐のフロントがある。そこで不審者が入ってこないかどうかをきちんと見ているのだ。

寺沢はしょっちゅう来ているらしく、コンシェルジュは微笑んで会釈を寄越し寺沢は軽く手を上げて微笑み返していた。

エレベーターはエントランスロビーの先にある自動ドアの向こうにあり、自動ドアはカードキーをかざさなければ開かない——もちろん、エントランスロビーに入るにもカードキーは必要だ——仕組みである。

郁之から預かっているらしいカードキーで自動ドアを開け、その後に続いてエレベーターのある住居フロアに入った。

エレベーターは降りてきていたのでそのまま乗り込むと、ずらりと並んだフロアボタンの一番上は二十八階になっていた。

タワーマンションというほどではないが、間違いなく高層マンションの部類である。

寺沢が押したボタンは二十五階。

最上階ではないものの、かなりの高層階である。

——こういうとこって、階が上の方が値段高いんだよな……。

というか、このマンション自体が、かなりお高そうだ。外観もさることながらエントランスからこのエレベーターまでの区間だけでも、内装はシンプルだがお金がかかっていそうな雰囲気がある。

そんなことを考えているうちにエレベーターは到着し、寺沢について郁之の部屋へと向かった。

案内されたのは角部屋で、玄関の広さが戸建てなみということからして他の部屋の広さも察することができた。

その玄関は生活感が感じられないほど整えられていた。

寺沢は廊下をまっすぐ進んだが、晶郁は途中の部屋の扉を開けた。

「晶郁くん？」

後を追って様子を窺うと、そこは洗面所だった。

「おてて…」

「ああ、お手々洗わないとね。晶郁くんは賢いね」

ちゃんと躾けられているのだろう。床には子供用の踏み台も用意されていた。

それを洗面台の前にセットしてやると晶郁は自分で手を洗い、それからうがいもした。会社からマンションに来るまでの間に、晶郁が三歳半になることは話の流れで寺沢から聞いたが、その年としてはかなりしっかりしている方だろうと思う。

俊も晶郁に続いて手洗いとうがいをすませ、晶郁に連れていかれるまま、リビングに向かった。

リビングもキッチンも、子供がいるにしてはシンプルで生活感がほとんどない。子供がいるのではと思わせるのは、テレビボードの棚に置かれたソードライダー関係のグッズと、ソファーに置かれた大きめのクマのぬいぐるみくらいのものだ。

寺沢は勝手知ったる様子で、キッチンでお茶の準備をしてくれていた。

「手伝います」

そう言ってみたが、

「いや、湯を注ぐだけだ。岸谷くんは晶郁くんとリビングで待っててくれ」

と返してきたので、俊はリビングのソファーに座した。

晶郁はテレビボードの棚からソードライダーのブルーレイを持ってきて俊に渡した。

「これ、みる」

「あ、十三代目の一期目のだ。見よう、見よう」

俊がノリノリで返事をすると晶郁は嬉しそうな顔をする。

「えーっと、こっちのリモコンは……」

「その隣のリモコンがテレビとブルーレイをリンクさせてある」

お茶を持ってきた寺沢が言いながら、操作の仕方を教えてくれる。

テレビやブルーレイの操作の仕方はメーカーや機種の差はあれど基本的に大差ないのだが、それでも他人の家のものとなると、最初は教えてもらった方が早いので助かった。

再生が始まると、すぐに晶郁はソードライダーに夢中になり、身動き一つしなくなる。

俊はそれを確認しながら、ソファーの少し離れた場所に座して携帯電話を見ている寺沢に話しかけた。

「寺沢専務、晶郁くんの夕食はどうしますか?」

「なんか適当にテイクアウト買ってくる。岸谷くんはリクエストなんかあるか?」

「いえ、俺は家に帰ってから食べるので」

遠慮して言うと、

「おまえが食わなかったら、俺が食いづらい。リクエストがないなら、なんかお高めのうまいもの買ってくる。どうせ西條の金だ」

寺沢は悪い顔で笑いながら言う。

「……じゃあ、お任せします」

寺沢とも、これまでさほど絡んだことはないのでそう言うにとどめて、俊は晶郁と一緒にソードライダーの鑑賞に戻る。

ややして寺沢が出かけていく気配があったが、特に気にせず、ずっと晶郁と画面に見入っていた。

「今のとこ、凄い格好良かった!」と言い合ったり、エンディングについているミニ体操を一緒に踊ったり、同レベルで楽しみつつ三本目の後半に入ったところで寺沢が帰ってきた。手に弁当らしきものが入った袋を下げていたので、夕食を調達してきてくれたらしい。

目で、これが終わったら、と合図をして、三本目のエンディングをまた晶郁と一緒に踊り終えると、

「晶郁くん、寺沢さんが夕ご飯買ってきてくれたから、食べようか。食べ終わったら、またソードライダー見よ?」

と、声をかける。晶郁は大人しく頷いた。

そしてダイニングに移動し、晶郁を子供用のイスに座らせて三人で夕食を食べた。

寺沢が買ってきたのは、チェーン展開している弁当店の弁当で、俊と寺沢は焼肉と唐揚げの入った弁当で、晶郁のものはお子様ランチ風に彩りよくいろいろなものが入った弁当だった。

「晶郁くん、食べるの上手だね。こぼさずに綺麗に食べられるね」

隣に座って、食べる様子を見守りながら声をかけてやると、控えめだが嬉しそうに笑う。

——大人しい子だなぁ……シャイなのかな。

現役時代に担当したクラスにも内向的な子はいたが、子供がいる生活感のようなものがあまり感じられない家の様子もあってか、少し気にかかる。

とはいえ、家庭の事情はいろいろあるので踏み込むつもりはない。

今は保育士ではないし、保育士だったとしても自分の担当している子供というわけでなければ、いろいろと首を突っ込むのはよくない。

「晶郁くん、お野菜は？」

順調に食べている晶郁だが、やはり野菜は不人気で、添え物のキャベツの千切りには手を伸ばそうとしない。

俊の言葉に晶郁は戸惑ったような顔をした。

食べないといけない、ということは察しているらしいが、できれば食べたくない、といったところだろう。

よくあることだ。

俊は手つかずのキャベツの千切りを箸(はし)でつまむと、自分の弁当の焼き肉で包み込んだ。

そしてそれを晶郁の口元に運ぶ。

「お肉と一緒なら食べられるかなー？　あーんできる？」

そう言ってやると、晶郁は少し間を置いてから、口を開いた。そこに肉巻きキャベツを入れてやると咀嚼(そしゃく)し始めた。

「えらい、えらい。ごっくんできたね」

ちゃんと飲み込んだのを見届けてから頭を撫(な)でると、俊は頷く。

――かーわいい……。

その様子にうっかり笑みが漏れる。

そうこうするうちに晶郁はお腹いっぱいになり――多少残してはいるが、年齢からすると十分食べた方だろう――ごちそうさまをして、俊は残っていた自分の弁当を食べ終える。

「あとは片しておくから、テレビ見てこい」

という寺沢の言葉に甘えて、俊は晶郁と再びソードライダーの鑑賞に戻った。

しかし、二十分ほどした頃、

「岸谷くん、ちょっといいか？」

片づけを終えて、一人がけソファーに腰を下ろして携帯電話を見ていた寺沢が声をかけてきた。

「はい」

「西條、予定より帰るのがかなり遅れるらしい。晶郁の入浴とできれば寝かしつけまで頼むってきたから、待ってたらかなり遅くなる。おまえ、先に帰っていいぞ」

その言葉から、晶郁の眠る時間までには帰ってくることができない、ということが察せられた。

「わかりました」

俊は一応、そう返事をしたものの、一抹の不安がよぎる。

晶郁は郁之が帰るのを待つ、と言って号泣したのだ。

俊が一緒に待つと言ったことで、いろいろごまかされてくれているが、果たして郁之が帰ってこない、俊も帰るという状況を受け入れるかどうかである。

とはいえ、西條からの指示を受けたのは寺沢だし、これまでにも寺沢がこういう時には晶郁を見てきたようなので、俊が口出しをするのもどうかと躊躇われた。

――まあ、その時はその時で対応するしかないよな……。

そんなことを思いつつ、その回を見終わり、俊は晶郁に切り出した。

「晶郁くん、パパ、遅くなるんだって。それで、晶郁くんに先にお風呂に入っててほしいんだって」

俊が言うと晶郁はあからさまに眉根を寄せた。

――あ…、ダメなやつだ、これ。

すぐに察したが、

「風呂も準備できてるから、サッパリしてパパを待とうな」

寺沢が近づいてきて言うと、晶郁は眉根を寄せたまま首を横に振った。

「や！」

「風呂に入らねえと、ばっちいだろ？」

「や！　やー！」

ブンブン頭を横に振る。

「わがまま言うのはダメだぞ？」

寺沢は言うが、晶郁は頭をブンブン横に振り続け、聞き入れる様子がない。

「じゃあ、俺がお風呂一緒に入るのは？　それでもダメ？　お風呂、嫌？」

晶郁は眉根を寄せたままだが、とりあえず頭を横に振るのはやめてじっと俊を見た。

「お風呂で、きれいきれいして、ピッカピカで、パパにおかえりってしよ？」

晶郁が葛藤しているのが表情からわかる。

どうやら、お風呂が嫌いなようだ。

「どうする？　晶郁くんがお風呂に入るなら、俺もお風呂についてく。お風呂に入らないなら、今日は帰るね？」

選択肢を二つにすると、晶郁は小さな声で「おふろ、はいる」と俯（うつむ）いて返してきた。

「はーい、決定。じゃあ、お風呂に行こうか」

明るい声で俊が言うのに、

「あ、着替え持ってかねえと」

寺沢が返してくる。

「着替え、どこですか？」

「……あっくんのおへや……」

答えたのは晶郁だ。

「そっか、晶郁くんのお部屋にあるんだ。連れていってくれる？」

俊が言うと、晶郁は俊の手を摑んで部屋へと案内してくれた。

リビングの隣に子供部屋はあった。マンションの豪華さに不似合いに思えるような簡易的な小さなタンスがあり、部屋の隅に子供用の布団が綺麗にたたんで置いてある。

それ以外には、三段ボックスが横に置いてあり、そこに絵本とおもちゃが入っているらしい収納ケースが仕込んであるだけだ。

子供部屋と言うには殺風景で、まだ物がなじんでいないというような気配があった。

だが、それを晶郁に聞いても仕方がないので、とりあえずタンスから下着とパジャマを取り出す。

それを持って、風呂へと向かう。脱衣所で服を脱がせ——まだ自分で服の脱ぎ着は難しい様子だ——俊は自分のシャツの袖とズボンのすそをまくり上げて一緒に風呂場に入った。

掛け湯と最初に温まるのは嫌がらなかった。ソードライダーのオープニングとエンディングを一回ずつ歌ったところで湯船から出し、髪と体を洗う。

とはいえ、保育園でもここまでの世話をしたことはないので、どうしていいかわからなかったが、目にシャンプーの泡が入って痛がらないように折りたたんだタオルを目に当てて持たせ、その間に髪を手早く洗う。

なんとか痛いと言われずにシャンプーを終えると、体を洗ってやり、洗顔は晶郁の年齢なら、ぬるま湯で洗うだけでいいだろうと、それですませた。

そして最後にもう一度お湯に浸からせて終了だ。

入る前には渋っていたのだが、入らせてしまえば何が嫌なのかわからないくらい、されるがままでいてくれた。

お風呂の何が嫌、というのではなく、なんとなく嫌というだけなのかもしれない、と思いながら、適当な時間で湯船から上がらせて、着替えと歯磨きをさせドライヤーで髪を乾かしてリビングに戻ってきた。

「いい子で入ってきたな」

リビングで待っていた寺沢にそう言われると晶郁は、うん、と頷いて見せた。

「じゃあ、ソードライダーの続き見ようね」

俊が誘い、またソードライダーを見始める。

しかし、二つ目の話に入ったところで晶郁はこっくりと船をこぎ出し、前半が終わったところではソファーに体を預けて寝てしまっていた。

「…寝たな……」

寺沢が小声で言うのに俊は頷いたが、

「でも、眠りが浅いと、抱き上げた瞬間に起きちゃうかもなんで……ちょっと様子を見ます。その間に布団敷いてきますね」

そう言って立ち上がろうとすると、

「布団なら、風呂の間に敷いたぞ」

寺沢は先回りして準備してくれていたらしく、そう言った。

そのままソードライダーの後半が終わるまで様子を見ていたが、晶郁は起きる様子がなく、俊はそっと晶郁を抱き上げ子供部屋に連れて行った。

布団に寝直させても起きる様子はないので、健やかな寝顔に、おやすみ、と小さく声をかけて、俊は子供部屋の電気を消し、廊下に出た。

「晶郁くん、多分もうこのまま朝まで寝ちゃうと思うので、俺、帰りますね」

俊がそう言ってキッチンにいた寺沢に声をかけると、寺沢はポーションタイプのコーヒーメーカーでコーヒーを淹れているところだった。

「そうか？　まあ、コーヒー淹れたところだから、それだけ飲んで帰れよ」

すでに二杯目が抽出されているところだったので、じゃあお言葉に甘えて、と俊はコーヒーを飲んでから帰ることにした。

ダイニングセットに腰を下ろし、一口、コーヒーを飲んだところで、

「岸谷くんがいてくれてホント助かった」

心底そう思っているとわかる口調で寺沢が言った。

「まあ、元保育士なので……お役に立ててよかったです」

「役に立つなんてレベルじゃない。神の業かと思ったくらいだぞ？」

あながち、お世辞でもなさそうな口調に、

「まさか、今の会社で役立つスキルだとは思いませんでしたけど」

俊は笑って返した。そして、

「でも、社長が結婚されてるって知りませんでした」

と一応、現在進行形で言ってみた。

郁之と寺沢の様子や、ベビーシッターがどうの、という感じからすると、もしかすると結婚は過去のことかもしれないのだが、出張がちなバリキャリの奥さんだとか、入院中だとか、可能性はいろいろあるので、その方が無難だと思ったからだ。

「ああ。四年くらい前か？　正確には、もう過去形だけどな」

寺沢はそう言ってから、続けた。

「バツ一で、その時、晶郁くんは奥さんが引き取ったんだ。けど、事情が変わって二か月前に郁之のところに帰ってきた」

その言葉で、だから晶郁の部屋がまだああいう、物がなじんでいない、子供部屋らしくない様子だったのかと、なんとなく納得した。

「西條も忙しいから、ベビーシッターに任せるしかないんだが、なかなかあの子が懐かなくてな。もう、三人替わってる」

――二か月で三人か……三週間もたない感じだな。

人見知りの強い子供の対応は、俊がいた保育園では積極的に声をかけたりするのではなく、とにかく見守りに徹することにしていた。

人懐こい子供と仲良くなって、そこからつられて、ということもあるし、登園そのものを嫌いになる方が問題だからだ。

安全な場所だということを本人が感じ取れば、そこから徐々に、慣れてくれることもある。

しかしそれは、あくまでも複数の子供と複数の保育士がいるからできることだ。

一対一のベビーシッターとなると、合わない場合、晶郁のプレッシャーは大きいだろう。

「シッター不在期は、俺と西條で回してるんだが、未婚で甥っ子も姪っ子もいない俺にはハードルが高すぎる。西條も自分の息子とはいえ、仕事人間だから、どう扱っていいかわからないようだし、あの子もそういうぎこちなさを感じ取るのか、不安っぽくてめちゃくちゃ距離があって……いい子だってわかってる分、どうしてやればいいのかわかんないのが結構精神的にキツい」

寺沢の言葉に、どう返したものかと思うが、これ以上事情を聞けば郁之のプライベートを知りすぎる気がした。

それは郁之も嫌だろうし、俊もこれ以上踏み込むつもりはない。

「晶郁くんに合うシッターさんが、早く見つかるといいですね」

そうとだけ言って、コーヒーを再び口にする。

その後は飲み終えるまで、話をせずにすみ、俊は飲み終えたタイミングでマンションを後にした。

翌日、俊はいつも通りに出社した。

「昨日はお疲れー」

俊より五分ほど後に出社してきた寺沢が軽く声をかけてくるのに、俊は会釈をし、

「寺沢専務もお疲れさまでした」

とだけ返して、仕事の準備を進める。

郁之が出社してきたのは、いつもより二十分ほど遅れてのことだが、特に気にせず、俊は仕事を進めた。

俊のパソコンに社内メールの着信アイコンが出てきたのは、十分ほどしてからのことだ。

それは郁之からのメールで「昨日はありがとう。昼食を兼ねて少し話がしたいが、時間を取ってもらえるか」というものだ。

俊は節約も兼ねて昼食は弁当を持参しているが、郁之は外食だ。郁之に付き合うとなると、外食になるだろう。

――持ってきた弁当、どうしようかな……。社内の冷蔵庫に入れさせてもらったら、家に帰ってから夕食にできるかな。

戸惑う気持ちもあるが、特に問題はなかったとはいえ、晶郁の昨日の様子を聞きたいのだろうというのはわかるので、「大丈夫です。わかりました」と返すと、間もなく「昼休みに、一階のロビーで」と返事があった。それに俊が郁之の方を見ると、郁之が丁度俊の方を見ていたので、頷いて返事に代えた。

そのまま午前中の仕事は特に問題なく進み、昼休みになり俊は一階のロビーへと向かった。

いくつかの会社のオフィスが入っているため、一階のロビーにはいろいろな会社の人間が行き交っていたが、その中に寺沢の姿が見えた。寺沢は俊の姿を見つけると、軽く手を上げて合図をしてきた。

俊は、少し足早に寺沢のもとに急ぐ。

「えーっと、社長は……?」

昼休み前にちらりと郁之の席を見たが、いつの間にか姿が消えていて、共有スケジュール表を確認すると十時半から社外と書かれていた。

誘ってきたのだから、昼食に間に合わせるつもりだったのだろうが、昨夜のように仕事が予定より長引いている、という可能性も考えられる。

そのため寺沢が来たのだろうかと思っていたが、

「西條は出先から直接店に行くから、岸谷くんは俺と一緒に来いって」

そう言った。

どうやら、寺沢も昼食は一緒らしい。寺沢とて、そう距離の近い相手ではないのだが、郁之と二人きりだと絶対に間がもたないので、俊は少し安心した。

そのまま向かったのは、会社からほど近い、俊にとってはちょっとお高めの値段設定という認識のイタリアンレストランだった。

――社長に誘われたんだから、社長が出してくれる、でいいんだよな?

いや、しかし、油断してはいけない気もする。

——一応、万札は一枚財布にあったはずだけど…いや、でもあれはグッズ購入代金の振り込み用に入れてきたやつだし……。

ぐるぐると考えたが、最悪の場合、どちらかからお金を借りればいいや、と開き直った。

中に入るのは初めてだが、店内は、お高いという俊の印象通り、洒落(しゃれ)ていた。

「予約した西條です」

と言う寺沢に、スタッフが案内していったのは、少し奥まった個室だった。

部屋に着くと、すでに郁之が来て座っていた。

「先に来てんじゃん。予定通り終わったみたいだな」

寺沢の言葉に、郁之は、ああ、と頷いてから俊に視線を向けた。

「急に誘って悪かったな」

「いえ、大丈夫です」

答えながら、郁之の向かいの席に腰を下ろす。寺沢は郁之の隣に腰を下ろすと、メニューを二つ手に取り、一つを俊に渡してくる。

「昨日のお礼も兼ねてのことだろうから、好きなの注文したらいいよ」

その言葉に、支払いは郁之がしてくれるということだろうと察し、俊は安心した。

だが、それは表情に出ていたらしく、

「もしかして、自腹だと思ってた?」

笑いながら問う寺沢に、

「一応その覚悟はしてて、万が一の時はお金をお借りしようと思ってました」

と返した俊の言葉に、郁之は微笑まし気な様子を見せた。

「遠慮せず、好きなものを頼んでくれ」

郁之もそう言ってくれたが、開いたメニューの価格帯は、特別な日のランチでもなければ俊が手を出そうなどと思えないものだった。

こういう時に困るのは「遠慮せずに好きなものを」という言葉を、いったいどこまで信じるか、である。

おごりだとわかって、こんな時にしか食べられないだろうからと高いものを頼めば顰蹙ものだろうし、かといって一番安いものを頼めば、それはそれで遠慮が丸見えだ。

――中位の価格帯で……。

と思った俊だが、単品では物足りない可能性があるし、それにサラダなりスープなりを付けると、そこそこな値段になる。

だが、そこで俊は救世主の存在に気づいた。

ランチセットの存在である。

三種類のセットがあったが、一番低価格のセットパスタに、俊の好きなペンネのアラビアータがあったので、それに決めた。

「決まったか？」

問われて頷くと、郁之はテーブルの上に準備されていた呼び鈴を鳴らした。すぐにスタッフが現れ、それぞれ注文する。

郁之は単品の組み合わせで、寺沢はランチセットの一番上価格のものだった。

俊が一番低価格帯のセットを注文すると、

「もっと高いの頼めばいいのに。ランク上げていいんだよ？」

寺沢が言い、郁之も頷いた。

「いえ、ペンネのアラビアータが好きなんで……いつも行くお店だと、普通のパスタのアラビアータしかないから」

俊がそう説明すると、好きなものなら、と納得してもらえた。

スタッフが注文を確認して下がると、

「昨日は、急なことにもかかわらず対応してもらえて、本当に助かった」

改めて郁之が礼を言った。

「お役に立てたのなら、よかったです。でも、晶郁くんは大人しい、いい子なので、スムーズでしたよ」

人見知り傾向は見て取れたが、特に手を焼いた覚えもないので素直に返す。

だが、その俊の言葉に、寺沢はなぜかニヤつき、郁之は少し考えるような顔をした。

――え？　俺、何も変なこと言ってないよな？

俊が自分の言葉を振り返ろうとした時、

「昨日の様子を、詳しく聞かせてもらっていいか」

郁之が言った。

特段、説明しなければならないような状況もなかったので、とりあえず時系列に沿って話すか、と、

「寺沢専務と一緒に、社長のお宅に伺って、その後は夕食までソードライダーを見ました。寺沢専務が買ってきてくれたお弁当を食べて、またソードライダーを見て…社長のお戻りが遅くなるってことだったので、お風呂に入ってもらって…えーっと、お風呂が苦手みたいで最初だけちょっとイヤイヤ攻撃ありましたけど、入っちゃえば特に問題なくて、お風呂を出てからまたソードライダーを見て、途中で寝落ちで終了です」

抜けはないか確認しつつ、一通り説明する。

「食事の時に、途中で食べるのを嫌がったりは？」

「野菜は、ちょっと苦手みたいですね。あの年頃の子供はたいていそうだから問題ないレベルだと思います。キャベツをお肉で巻いてあげたら、食べてくれたので……野菜の味がごまかされればイケる感じなのかな、と思います。食べる量も、お弁当を三分の二強食べてたので、晶郁くんの年齢なら、十分かと」

「お風呂に入る前には嫌がっていたんだろう?」

郁之が続けざまに聞くと、

「俺が入ろうっつったら、超拒絶したな。速攻で『や』だったけど、岸谷くんが、声をかけたらOKだった」

寺沢が笑いながら言うのに、

「渋々って感じでしたけどね。でもお風呂に入っちゃえば、ごねる感じもなかったです」

俊が続けると、郁之はため息をついた。

「信じられないな……」

郁之はそう言って渋い顔をする。

「えーっと……いつもは、割とてこずる感じですか?」

問う俊に、寺沢が苦笑した。

「てこずるってレベルじゃないぞ。同じ弁当を前にも買ってきたんだが、食べ始めて少ししたら、もう嫌、で無理に食べさせようとしたら号泣だし、風呂も宥める隙がない勢いで泣き続けてな」

「どうせ泣き止まないなら、泣いてるうちにすませても一緒だろうと思うしかないレベルだ……」

郁之も続けて、

「今朝も、ご飯をなかなか食べなくて……サンドイッチ一つを食べさせるのに三十分以上かかった。その上、保育園に着いたら、車から降ろす時にチャイルドシートにしがみついて泣きわめきながら抵抗して……」

少し疲れたような様子で言う。

嘘ではないだろうが、昨日の晶郁からは想像できない様子だった。

しくしくと泣くのは想像できても、激しい抵抗は想像がつかない。

――あ、でも今日、社長が来るの少し遅かったのって、それが理由なのかな……。

今朝、いつもより少し遅く出社してきたことを俊が思い出していると、

「それで、保育園に預けるのに手間取って……つい、君の名前を出してしまった」

言いづらそうに、郁之は言った。

「え？　俺の名前ですか？」

「保育園が終わったら、君と遊べると。……今日、仕事が終わった後、三十分でも、時間が取れないだろうか」

そう聞いてきた。

「ランチ、高い方にしとけばよかっただろ？」

寺沢が笑いながら言うが、特に負担に思うようなことではなかったので、

「別に、時間はあるので構いませんけど……」

俊はすぐに、そう返事をする。

基本的に、俊は平日は予定がない。

ヒーローショーの開催は土日や祝日が基本で、平日の帰宅後は、録画してあるソードライダーを流しながらジャンクグッズの手入れを楽しむくらいだ。

「いいのか？」

「はい」

改めて確認されて返事をすると、郁之はあからさまにほっとした様子を見せた。

それから間もなく、料理が運ばれてきて、その後は和やかな雰囲気で食事を楽しんだ。

午後からも問題なく仕事を進め、俊は郁之とともに定時で退勤し、延長保育を受けている晶郁を一緒に迎えに行くことになった。

郁之の車は高級国産車で、後部座席にチャイルドシートが据え付けられていて、それは当たり前のことではあるのだが、やはり父親なんだなと改めて思った。

会社から保育園までは車で十五分ほどだった。

保育室に到着すると、迎えに来た郁之を保育士が笑顔で迎え、すぐに晶郁を呼んだ。

「晶郁くん、お迎えよ」

その言葉に、絵本を読んでいた晶郁はこちらに顔を向けたが、郁之のやや後方にいる俊に気づくと、少し目を見開き「どうして？」とでもいった様子で驚いているのがわかった。

その驚きには「大歓迎」という感じは含まれておらず、純粋に「どうして？」といった感じだ。

——あー、約束自体を忘れてるって感じかな……。

大騒ぎして約束を取りつけたにもかかわらず、本人が忘れている、ということは、子供にありがちだったりする。

晶郁もそうなのかもしれないと勝手に納得しつつ、俊は軽く手を振った。

それに晶郁は控えめに手を振り返すと、絵本をもとの場所にしまう。保育士に手伝われて帰り支度をすませると、一緒に戸口までやってきた。

俊は膝を折って晶郁と視線の高さを合わせると、

「今日もパパが晶郁くんと遊んでいいよって言うから、遊びに来ちゃった。また、おうちでソードライダー一緒に見ようか」

笑いながら言うと、晶郁は小さく、うん、と頷いた。

「じゃあ、お靴履き替えて帰ろうか。晶郁くんの外のお靴はどこかな」

俊が言うと、晶郁は外廊下に並んだ靴箱に、てててっと走って向かい、

「ここ」

と、「さいじょう　あきふみ」と名前シールが貼られた靴箱を指さす。

「じゃあ、お靴履き替えようか。上靴脱いで……」

などと、一連の履き替えを手伝ってから、

――あ、これって保育士か保護者の仕事だった……！

と気づく。ついうっかりやってしまったが、やらかした、と思って郁之を見ると、郁之は保育士とともに微笑ましい、といった様子で晶郁を見ていたので、まあいいか、と靴を履き替えた晶郁と一緒に保育士と郁之のもとに向かう。

「晶郁くん、先生に帰りのご挨拶しようか。先生さようなら、また明日って」

促すと、晶郁は小さな声で「…せんせぃ、さよぉなら、また、ぁした……」と恥ずかし気に繰り返した。

「はい、さようなら、また明日」

笑顔で返してくる保育士に、俊と郁之は会釈をし、車へと向かう。

駐車場まではわずかな距離だが、晶郁と手をつなぐと、思いのほか強い力で、ぎゅっと握ってきた。

その力の強さが、どこか必死に思えて、反応は薄いけれど喜んでくれているのかな、と俊は思った。

まさか二日連続で来ることになるとは思わなかったが、無事に郁之のマンションに到着した。

昨日と違うのは、正面エントランスからではなく、駐車場側のエントランスから入ったことくらいだ。

寺沢はマンション近くの外部駐車場に駐めたので、そこからだと正面エントランスが近いのだ。

どちらから入ってもコンシェルジュのいるロビーを通ることになるのは、やはり防犯面を意識してのことだろうと思う。

郁之の家に着くと、昨日と同じく手洗いを洗面で——今日は三人順番に——すませた後、晶郁は郁之に連れられて子供部屋に向かい、カバンや帽子などを置いてから、リビングで待っていた俊のところに、てててっと小走りにやってきた。

郁之はこちらには来ず、携帯電話を持ってキッチンに向かった。寺沢もそうだが、帰ってきてからも、目を通しておかなければならない資料だの、しなければならない連絡だの、いろいろあるのだろうと、特に気にせず、俊は晶郁と一緒にこれから見るものを選ぶ。

「これとこれとこれは昨日見たから、この続きから見るか、その前のところから見るか、どっちにする?」

俊が問いかけると、晶郁は少し考えて、

「ひらがでるの、みる」

そう返してきた。

「晶郁くんもフィフィラ好き？　俺も好き」

俊が言うと、晶郁は嬉しそうな顔をした。フィフィラというのは、敵のもとにいるキャラクターだ。最初は敵なのだが、捕らわれて洗脳されたという過去が後に明らかになり、ソードライダーが助け出して仲間になる流れである。

演じているのが少女のようにも見える中性的な細身の少年で、登場してしばらくは演者のプロフィールなどもほとんどわからず、もしかしたら女性の可能性も？　とファンの間では話題になったキャラクターだ。

その外見とは裏腹に、好戦的な腕の立つキャラクターであることも人気の理由だ。

「フィフィラが出てくるのは、確かこの回が初めてで……ここから順番に、見られるところまで見ようか？」

俊の提案に晶郁が同意したのを見ると、俊はいそいそとディスクをセットした。

オープニングを一緒に歌い、ストーリーが始まると見入る。

郁之がリビングに来たのは、見始めて五分ほどした頃だった。

「晶郁、はい」

そう言ってトレイに載せていたストローを刺した子供用のコップを晶郁に渡す。

「岸谷くんはコーヒーにしたが、構わなかったか？」

今度は俊にコーヒーカップを渡してきた。

「え、はい。ありがとうございます、いただきます」

受け取ってから、キッチンに向かったのは飲み物の準備をしてくれていたからだと理解した。

郁之は自分のコーヒーも持ってきていて、そのまま、晶郁の隣に腰を下ろす。

三人掛けソファーの真ん中に晶郁、そして両サイドに俊と郁之が座る形だ。

晶郁は、一口、ジュースを飲んだものの、画面に夢中で見入っている。夢中すぎて手元がおろそかで、コップが傾くのに気づいて、郁之はその手をそっと支えて傾かないようにしている。

ちゃんと晶郁を見ているパパっぽいところに、俊は少し胸の辺りがソワソワするような感覚を覚えた。

幼い頃に父親が亡くなったせいもあると思うが、俊は『父親』という存在そのものに対しての憧れを持っている。

わずかな記憶しかないが、その記憶の中でも、俊の父親は笑顔で、俊に対して声を荒らげたことがなかった。

だから余計に綺麗な憧れだけがあるのだろう。

「……ひひら…」

不意に晶郁が呟き、画面に視線を戻すと、フィフィラの初登場シーンだった。

「出てきたねー」

俊が相槌(あいづち)を打つ。

「女の子か?」

という郁之の問いに、

「「おとこのこ」」

俊は晶郁と同時に返していた。

俊は郁之に視線を向けていたが、晶郁は画面を見たままという状況での、あまりのハモりように郁之は一瞬驚いた顔をしてから、少し笑った。

その笑顔は会社にいる時とは違う、オフの時のものだ。

それが無駄に雰囲気がよくて、

——これだからイケメンは……!

俊はよくわからない感情で胸の内で呟くと、不自然にならないように、また画面に目を戻した。

一本目を見終えると、郁之は夕食を買いに行くと言った。

「晶郁、何が食べたい?」

その問いに晶郁は首をかしげる。恐らく、何、と言えるほど料理名を知らないのだろう。

「昨日はお弁当屋さんのお子様セットっぽいの食べたよね。あれ、おいしかったなら、もう一度食べる？」

俊が問うと、晶郁は首を横に振った。昨日と同じ、というのは気が進まないらしい。

とはいえ、何をと問えばさっきと同じになると踏んだ俊は、

「買いに行くとなると、お弁当ですか？」

「弁当は昨日食べたんだろう？　だったら、どこかの店で惣菜のテイクアウトを頼んだ方がいいと思う」

「だったら、社長が食べたいお店を決めて、そこから子供向けメニューを選んだ方がいいかもです」

大人がおいしそうに食べていたら、子供も興味を示すことが多い。

昨日はたまたまかもしれないが、晶郁は偏食という感じではなさそうだった。

「……中華、だな」

「じゃあ、かに玉とか、スパイシーじゃないおかずとご飯とか？　晶郁くん、卵好き？」

その問いに、晶郁は頷いた。

「卵があったら、多分、イケます。あと野菜の入ったもの何か……で晶郁くんはいいんじゃないですか？」

「わかった。君は？」

「俺ですか？」

「食べて帰るだろう？」

当然のように聞かれた。

俊としては、郁之が買い物を終えて戻り次第、帰るつもりだったので戸惑ったが、昼間の話だと、晶郁が食べる時にてこずらせるというようなことを言っていたので、それ要員だろうと察した。

「俺、お昼の弁当がそのまま残ってるんで、それ食べますから大丈夫です」

俊が返すと、

「そうだったのか……急に誘って悪いことをしたな」

郁之が謝ってきた。

「いえ、好物をごちそうになれたのでラッキーでした」

俊が笑って言う。ペンネのアラビアータは、これまで食べたどの店のものよりもおいしかった。もちろん、普段食べているものとは価格帯が違うので比べることが間違っているとは思うが。

「では、何かデザートを買ってくる」

「期待してます」

冗談めかして俊は言い、そのまま買い出しに行く郁之を玄関まで晶郁と見送って、その間、またテレビ鑑賞に戻った。

郁之が帰ってきたのは、通算三本目の途中だった。キリのいいＣＭ前のところまで見て、夕食になった。

郁之が買ってきたのは、単品メインで油淋鶏（ユーリンチー）、エビチリ、海鮮八宝菜、かに玉、それから野菜たっぷりのレタスチャーハンと白飯だった。

「社長、チャーハンと白飯は、晶郁くんがどっちをって決めてます？」

「いや。好きなものを好きなように食べられればいいと思って、いろいろ買ってきた。岸谷くんもよければ食べてくれ」

「ありがとうございます」

礼を言ってから、俊は子供イスに座った晶郁に視線を向ける。

「チャーハンおいしそうだね、これ食べようか？」

テンションを少し上げて聞けば、晶郁は頷いた。晶郁の茶碗に取り分けて、あと、小皿にも彩りよく少しずつ取り分ける。

「じゃあ、いただきます」

「いただきます……」

俊を真似て手を合わせて言い、スプーンでチャーハンをすくって食べる。

「おいしい？」

嫌な顔をせず咀嚼しているのを見ながら俊が声をかけると、晶郁は頷いた。

「おいしいの、いっぱい食べれるね」

そんな声をかけながら、俊は電子レンジを借りて軽く温めた弁当を食べ始めた。内容は卵焼きと、すき焼き風の野菜炒め、それから朝から揚げた唐揚げである。

唐揚げは昨日の夕食にするつもりで、下味をつけて冷凍したものを冷蔵庫に戻して解凍してあったのだが、ここで夕食を食べて帰ったので、家に戻ってから、今日の弁当と夕食のおかずにするつもりで揚げたものだ。

全体的に茶色く、映えなど皆無の弁当だが、晶郁は俊の弁当をじーっと見ていた。

「気になる？　何か食べる？」

問うと、

「……たまご…」

恐る恐る、という様子で伝えてくるのに、俊は卵焼きを箸でつまむと晶郁の取り皿の上に置いてやる。

「はい、どうぞ」

俊が言うと、晶郁はスプーンをフォークに持ち替えて卵焼きを刺し、口に運ぶ。

「……おいし…」

ほのかに笑って言う晶郁の様子に、

「俺もいいか?」

郁之が聞いてきた。

晶郁が戻ってきて二か月だと、昨日寺沢から聞いた。

郁之が幼い晶郁との距離感を測りかねているのは、ぎこちない様子からもわかっていたので、恐らくは晶郁と同じ行動を取ることで、距離を詰めようと思っているのだろうと思った俊は、

「お好きなのをどうぞ」

と弁当箱を、郁之の方に差し出した。

「じゃあ、遠慮なく」

そう言いながらも、郁之が箸を伸ばしたのは唐揚げではなく、すき焼き風の野菜の方だった。

「……うまいな。自分で作るのか?」

「はい。映えとか一切度外視ですけど」

自分が食べるのに支障がなければいい、という程度のものだ。それでもお世辞だとしても、おいしいと言われて、嬉しくなる。

「こっちにも好きに箸を伸ばしてくれ」

改めて言われ、俊は、

「じゃあ、一瞬の映えを意識して、エビチリの赤を添えさせてもらいます」

そう言ってエビチリを弁当箱の空いた部分に一度置いた。

「わー、映えるー」

棒読みで言ってから、即座にエビチリを口に入れる。

「……甘い味つけでおいしい…エビがぷりっぷり…」

俊が食べているのを見て、晶郁も自分の取り皿に分けられているエビをフォークで突き刺し、口に運ぶ。

「…おそろぃ……」

食べながら言う様子が、可愛くて、俊は「おそろいだねー」と笑って返した。

デザートを食べ終えると、途中になっていたソードライダーの続きを見た。

そして、見終えたタイミングで俊は帰ることにした。

「おにーちゃん、かえるの……?」

晶郁は離れがたい様子で、帰り支度をする俊のズボンを掴んだ。

昨日は晶郁が寝落ちしてから帰ったので、惜しまれることもなかったが、今日はばっちり起きているので、渋る。

俊はその手を取ると、晶郁の前にしゃがみ込み、

「うん。俺も、おうちに帰って、お風呂に入って寝なきゃいけないから。晶郁くんも、これからパパとお風呂に入って、おやすみなさいするでしょ？」

説明する。

「……また、くる？　あした、くる？」

眉根を寄せて聞いてくる晶郁に、

「んー、明日はお仕事だから無理かな」

嘘をつくわけにはいかないので、とりあえず、明日、というのは否定する。それに晶郁はあからさまに落胆した様子を見せたが、

「いつになるかわかんないけど、また来るよ。約束」

俊はそう言って、小指を差し出す。

それに晶郁は自分の小指を差し出して、指切りをした。

指切りの後、俊は晶郁の頭を撫でて立ち上がり、様子を見守っていた郁之に視線を向ける。

「じゃあ、社長、帰ります。ごちそうさまでした」

「ああ。こちらこそ助かった。晶郁、玄関まで見送りに行こう」

促した郁之に晶郁はこくんと頷いて、玄関まで見送ってくれる。

「じゃあ、失礼します。晶郁くん、おやすみ。またね」

バイバイ、という代わりに、またねと言って、俊は手を振る。

寂しげな顔をしている晶郁の様子に後ろ髪を引かれる気持ちになったが、俊にこれ以上何かできるわけでもない。

最後に郁之に会釈をして、俊は家路についた。

4

翌日の午後、社外から戻ってきた郁之に俊はブリーフィングルームに来るようにと呼び出された。

晶郁が来た時に使っていた打ち合わせコーナーとは違い、完全に個室になっている場所だ。

呼び出されるようなことは、仕事面では今のところないので、恐らく晶郁のことだろうとあたりを付けて向かったのだが、間違ってはいなかった。

「昨日はありがとう」

まず、最初に礼を言われた。

「いえ。あの後、大丈夫でしたか？　お風呂、嫌がったりは」

「髪を洗うのにてこずったが……大体順調だ」

その言葉に俊は少しほっとする。

「よかったです」

と返した俊だが、郁之の顔は「よかった」と手放しで言えなさそうなものだった。

「えっと、やっぱり何かありましたか?」

「いや、そうじゃない。今朝は比較的機嫌もよかった。ただ、俺自身が、あの子をどう扱っていいのかわからない。時々、何をどうやっても言うことを聞かないというか、わがままスイッチが突然入るようなことがあって、そういう時はどうしていいか皆目見当がつかないんだ。結局、力ずくで言うことを聞かせるようなことになって……いい方法じゃないってことはわかっているが……」

自己嫌悪にも近いような表情を見せた郁之は一度言葉を切ってから、

「寺沢からどこまで聞いたかわからないが、一年少し前に離婚して、晶郁は妻が引き取って育てていた。だが、事情が変わって二か月前に俺のところに来ることになったんだ。ただ、離婚する前から子供のことは、任せきりになっていたから、父親としての自覚なんてものが皆無だ」

そう続けた。

しかしそれは、父親あるあるだろう。

女性は自分の体の変化を通じて母親になるという自覚が差はあれども生まれる。しかし男性の場合、自分の身の回りが多少変化する程度で、女性ほど自覚を促されることはないだろう。

「離婚した時、幼すぎたのか、戻ってきた時には俺のことは覚えてない様子で『誰だこのおじさん』って顔をしていて、俺に対しても人見知りがひどかった。だから、月曜に会社に来ていた時に、寺沢と帰らせようとしてごねて、俺と一緒に帰る、とそう言った時には、驚いたんだ。俺にもまだ、どこか距離を置いてると思える状況だったから」

そういえばあの時、郁之が戸惑った顔をしていたのを思い出した。どうやら、親子としての関係性が薄いのにと思った様子だ。

「んー…それは、ある程度仕方ないです。出張がちだったり、単身赴任だったりするご家庭だと、よくお聞きする感じの話なので」

決して、郁之だけに問題があるというわけではないと言外に含ませる。

日々顔を合わせて関係を築いていく中で、自分にとって相手がどういう存在なのかを確信していく。それは大人でも同じだが、まっさらな子供ならなおのことだ。

みんなが『パパ』と呼ぶ人だから『パパ』と呼びはするけれど、その言葉の意味する関係を自覚しているかといえば、晶郁の年齢だとまだ危ういところではないだろうか。

「だが、君にはすぐに懐いた様子に見えた。以前は保育士として働いていたと聞いているが、子供の扱いのコツのようなもがあるんだろうか」

その問いに、俊は少し悩む。

「んー…コツというほどのことはないんですよね。基本的には、目線の高さを合わせて話を聞いてあげるとか、向こうの言葉を繰り返してあげるとか、そういうのはあるんですけど、子供一人ひとり、性格が違うので……ダメな子は、俺も全然ダメだったりもするので」

子供と言っても、一人の人だ。性格の合う、合わないはあるからだ。

「あと、晶郁くんはまだ俺のことをそんなに知らないから、素を出してないだけだと思います。どこまでわがままを言っていいかとか、その辺りを見てるっていうか……遠慮、みたいな？」

俊の説明に郁之は意外そうな顔をした。

「遠慮？　あんなに小さいのに、そこまで考えるのか？」

「子供によってそれぞれ違うんですけど、人の顔色を見る子は見るので……なんていうか、悪い意味じゃなくて、空気を読むっていうのが比較的早い段階でできる子っていうのがいるので」

「じゃあ、君に対しては、いい子を装っている？」

「その可能性はあります。まだ、会ってから、二日…ソードライダーのショーからだと三日くらいなので」

急激に距離は近づいたが、それでも、ついこの前『知ったばかりの人』だ。そこまで気を許しているというわけではないだろう。

「ソードライダーが好き」という共通項のおかげで、多少、信頼されてはいるかもしれないが。

「これは、保育士時代にも保護者の方にお伝えしていたことなんですけど、ある程度は力ずくになる場面があるのは、仕方がないと思います。殴ったり蹴ったりっていうのは問題ですけど、そういうんじゃなかったら……それぞれに生活を守ることも必要になるので」

朝からぐずついて、支度をしても逃げ回って泣いて、仕事に遅れてしまいそうで、つい叩いてしまった、とか、何度言っても危険な行動を改めないので強い口調で叱りつけてしまった、とか、そういうことで悩む保護者は結構いた。

相手は子供なのに、と。

だが、子供だから、強く接しなければわからないという場面もある。

子育ては綺麗ごとだけではすまないのだから。

「うまく言えないんですけど、晶郁くんもまだそんなに言葉で感情を伝えることができないし、聞かれていることの理解も、社長が思ってる半分くらいだと思っていただけたら」

「半分か……」

「あと『わかった？』って確認したら、子供は大体『わかった』って返事をします。でも、半分くらいの子はわかってなくてもそう言うので、そんなトラップがあることも覚えておいていただけたら」

俊の言葉に郁之はため息をついた。

「……ベビーシッターさんは、見つかりそうですか？」

その問題が解消されれば、郁之の負担はかなり減るだろう。

「明後日から、来てもらえることになった。とりあえずお試しで来てもらうことになっているんだが……これまでの三人も、お試し期間中に晶郁が嫌がってダメになったから、安心はできないな」

それぱっかりは、縁というか、どうしようもないことだろう。

「晶郁くんと気が合って、長く続いてくれる人だといいですね」

そう返すことしかできなかった。


それから二週間ほどは、何事もなく過ぎた。

実際には何事か起きているのかもしれないが、起きているとしても郁之と寺沢の間で処理できる範囲のものなのか、俊が呼び出されることはなかった。

もしかしたら、ベビーシッターさんとの相性がよくて、晶郁がご機嫌なのかもしれない
――と安心していた木曜日、出社して間もなく俊は気まずい顔をした郁之に、呼ばれた。

「……晶郁くん、どうかしましたか？」

自分が郁之に呼び出される案件など、それしか思い当たらなくて、自分から切り出した。

すると郁之は、小さく頷いた。

「近々、来てもらえないか？　できれば、この週末、土曜か日曜のどちらか」

「土、日…ですか……」

提示された曜日に俊は難色を示す。

週末と祝日はソードライダーのショーが行われることが多い。そして今週末はそのどちらもショーの追っかけの予定が入っていた。

俊の様子から察したのか、

「急な話だから、難しいということも想定している。気にしないでくれ」

郁之はそう言ったが、割と追い込まれている様子なのも雰囲気から察せられた。

それに、晶郁と指切りをしたことも、少し気になる。

忘れているかもしれない約束だが、覚えていた場合、それを果たさないのは子供の心を傷つけることになる。

もちろん、致し方ないこともあるが、子供に接する仕事をしていた俊にとしては、できる限りちゃんと果たしてやりたいと思う。

「ちょっと待ってもらっていいですか？」

俊はそう言うと携帯電話を取り出して、催し物の参加条件を確認した。今度の催しは遊園地の時のような、自由に参加できるものではなく、抽選で参加の可否が決まるものだ。

調べた結果、土曜の催しは無理だが、日曜の催しは未就学児一人ならチケット一枚で同伴可能になっていた。

「日曜日にソードライダーのショーを見に行くんですけど、未就学児一人なら同伴可能になってるので、それを晶郁くんと一緒にっていう形でいいなら、大丈夫です」

晶郁はソードライダーが好きだし、遊園地のショーにも来ていたから、多分大丈夫だろうと思ったのだが、郁之が戸惑った顔をした。

――あー、いくら部下っつっても、子供を預けて外出させられるかってなると別の問題があるか……。

郁之の戸惑いを、保護者としてのものだと思った俊だが、

「いいのか？　君が楽しみにしているショーじゃないのか？」

郁之の懸念は、子連れでは楽しめないんじゃないかと、そういう意味のものだった。

「いえ、こういうショーはもともと子供のためのものなので……大人のファンも多いとはいっても、行きたがってた子供が落選して来られないってこともあるんだろうなーって罪悪感も多少はあるんで、子供を連れてた方が大手を振っていける感じっていうか」

俊の言葉に嘘はない。

大人ファンがグッズをいろいろ買って、人気の下支えをしていると言っても、制作サイドのメインターゲットが子供であることは間違いないのだ。

もちろん、大人ファン向けの催しもあるので、余計に子供向けの催しに関しては、自分たちはおこぼれにあずかっている、という部分を多少なりとも意識して参加した方がいい、というのが俊の持論である。

「……申し訳ないが、頼む」

「はい、頼まれました。じゃあ、晶郁くんを迎えに行く時間とか、後で連絡します」

俊はそう言って自分の席に戻った。

日曜日、俊が晶郁を迎えに行くと、晶郁はエントランスロビーで郁之と一緒に俊を待っていた。

俊の姿が見えると、晶郁はピョンピョン飛び跳ねながら手を振ってくる。それに俊が手を振り返すと、郁之が晶郁を伴って出てきた。

「お待たせしました」

呼び出して降りてくるのを待つつもりでいたので、まさか待っているとは思わなかった俊はとりあえず、そう言う。

「いや、待ってはいない。晶郁が部屋でじっと待てなかっただけだ」

「ぉにーちゃん、ぉはよーござぃます」

少し舌ったらずな声で挨拶をしてくれる。時刻は九時前。問題なくおはようございますの時間である。

「晶郁くん、おはようございます。今日はよろしくね」

軽く背をかがめて挨拶をしてから、俊は郁之に視線を向けた。

「予定通りに昼食を向こうですませて、順調に行けば三時頃帰宅の流れになると思います。晶郁くんは特に食品のアレルギーはないですか？」

以前食べていた夕食の感じからすると、卵や小麦粉にアレルギーはなさそうだが、他の物にアレルギーを持っている可能性もあるので聞く。

「ああ、特に何もないはずだ」

「わかりました。何かあったらすぐに連絡しますね」

俊がそう言うと、

「これを」

郁之はそう言って、白い封筒を差し出してきた。

「はい？」

「食事や……他にも何か欲しがったらここから出してくれ」

どうやらお金らしい。俊は素直に受け取り、金額を確認する。

ピンピンの一万円札が入っていた。

「晶郁くん、なんでも好きな物食べていいよ！　デザートもたくさんつけよう！」

笑顔で言うと、晶郁は恐らく半分ほども理解していないだろうが、俊の笑顔につられて笑顔で頷いていた。

「じゃあ、お預かりしていきます」

俊は封筒をリュックにしまい、晶郁と手をつないだ。

「晶郁くん、パパに『いってきまーす』って」

促すと、晶郁は、もう片方の手を振って「いってきまーす」と挨拶する。それに手を振り返してくる郁之に、俊は会釈を返し、晶郁とともに出かけた。


会場までは、電車を二つ乗り換えて行くことになる。子供が電車の中で騒ぎだすといったようなことで困る保護者の話をよく聞いたが、晶郁はそんなことはなかった。

もちろん、俊が持参したソードライダーのコレクションカードのファイルを熱心に見ていたということもあるが、それを抜いても大人しい。

そのため、ベビーシッターと合わない、だとか、登園時に郁之の手を焼かせるだとか、そういうことがあるというのも、少し信じられなかった。

——まあ、まだ俺に対しての遠慮があるから大人しいってとこかなぁ……。

ベビーシッターに対してはどうかわからないが、郁之に対してはわがままを言ってもいい存在と認識しての行動だろう。

そんなことを考えているうちに、電車の乗り換えもスムーズにできて、会場に到着した。保育士をしていたとはいっても、子供を連れて出かけるのは俊も初めてのことなので、トラブルを想定して少し早めに到着するようにしていたのだが、トラブルが全くなかったため、開場五分前という時刻だった。

それでも、すでに到着しているファンはいて、順番に会場に準備されている等身大看板の撮影をしていたり、大人ファンたちはいくつものグループに分かれて話をしている。

その大人ファンの一人が俊に気づき、グループの輪から離れて歩み寄ってきた。

「きっしゃんも今日当選してたんだ」

三十代半ばから後半といったところの、ややガタイのいい男性である。

「ケンケンさん、お久しぶりです」

俊が挨拶をすると、ケンケンは俊が連れている晶郁に目を向けた。

「きっしゃんって、結婚してたっけ?」

「いえ、知り合いの子で、ソードライダーファン同士で意気投合して、今日一緒に」

「立派なマニアにすべく、英才教育だな」

ケンケンは笑って言ってから、

「初めまして、ケンケンです」

ほんの少し背をかがめて、晶郁に挨拶をする。

「……ぁ…ふみ、です…」

消え入りそうな声で言い晶郁はほんの少し頭を下げるが、少し表情がこわばっていた。

「可愛いなぁ」

ケンケンがそう言って、晶郁の頭を撫でようと手を伸ばした瞬間、晶郁は頭を自分の手でブロックして避け、俊の後ろに隠れた。

その行動に俊は動揺したが、

「すみません、丁度人見知りしちゃう年頃で」

すぐに笑顔で、ケンケンが悪いわけではないと伝える。

「あー、そのくらいの子供ってそうだよな。うちも姪っ子としばらく会わなかったら、ぎゃん泣きしたことあった」

そう言ってくれたのでホっとしつつ、俊は膝を折って晶郁と目線を合わせて、

「ケンケンさんも、ソードライダーのこと、凄く好きなんだよ」

て見せた。

そう話しかける。その言葉にケンケンは、ソードライダーの登場シーンのポーズを決め

それに晶郁のこわばっていた表情が少し和らぐ。

「今日の分、見てきた?」

ケンケンが俊と晶郁の両方に問う。俊は頷いてから、

「晶郁くん、今日のソードライダー、見た?」

と聞くと、晶郁は頷いた。

「ぱぱと、みた」

「今日の怪人のバルルロッサって、あれ、まだ生きてるよな?」

ケンケンの言葉に、晶郁は首をかしげる。

「しんでないの?」

「地面に倒れた後、他の怪物とか怪人とかだと爆発したり、なんか黒い跡みたいなの残して消えるけど、今日はなんか綺麗に消えてたから、同じ消え方したやつらって、八割くらいの確率で後で出てきてるんだよね」

「あー、俺、出かける準備しながらだったから、消えるとこちゃんと見てないです。家帰ったら録画したやつ見直さなきゃ」

「あっくんも、みる……」

晶郁も気になるのか、それとも俊が見ると言ったからなのかはわからないが、そう言ってきた。

「こんな細かいネタに食いついてきてくれるなんて、育てがいありそうだなぁ」

ケンケンが笑って言った時、開場時間になり入場が始まった。

「じゃあ、俺、先に会場に入ってます」

全席指定なので普段は急がないのだが、晶郁が公演中にお手洗いに行きたくならないように連れていったりすることを考えれば、早めに入っておいた方がいい。

「ああ、行ってらっしゃい。俺はもうちょっとみんなと、話してから行く」

ケンケンはそう言ってから、

「あ、ショーの後って、ご飯食べて帰る？」

「そのつもりでいますけど」

「きっしゃんに頼みたいことあってさ、相談がてら一緒に飯どう？　その子が嫌がらなかったら、だけど」

ケンケンの言葉に少し迷った俊は、

「ショー終わって改めて返事でいいですか？　晶郁くんが疲れてるようなら、予定変更して早めに帰ろうかと思うので」

最初にケンケンに対して見せた警戒にも似た様子を思えば、長時間一緒にいることを拒否するかもしれないという懸念もあって、返事を先延ばしする。

「全然OK。じゃーね」

ケンケンはそう言って晶郁に視線を向けて手を振る。晶郁はぎこちなく手を振り返し、その様子にケンケンは笑うと、もともといた輪に戻っていった。

ショーは予定通り晶郁を膝の上に座らせて楽しんだ。

通路に近い席だったこともあり、その通路をソードライダーが行き来する演出があったため、晶郁は大興奮だった。

無事にショーが終わり、ロビーに出てきた俊は、人の流れの邪魔にならないところに移動してから、晶郁に聞いた。

「晶郁くん、ここに来た時にお喋りしたおじさん覚えてる？」

「ん」

「そのおじさんも一緒に、ソードライダーのお話しながら、お昼ご飯食べようと思うんだけど、晶郁くんは、知らない人が一緒だと嫌かな？」

頭を撫でられる時に見せた警戒を考えると、別れ際に手を振っていたとはいえ、難しいかもしれないなと思ったのだが、

「おにーちゃん、いっしょ？」

俊が一緒かどうかを確認してきた。

「もちろん、一緒だよ。今日は晶郁くんがおうちに帰るまでずーっと一緒」

そう返すと、晶郁は頷いた。

「じゃあ、おじさんも、ご飯一緒でいい？」

念のため問い返すと、改めて頷いたので、俊はケンケンのツブヤイッターにダイレクトメッセージで『調子よさそうなので、お昼ご飯一緒で大丈夫みたいです』と送ると、少しして『じゃあ、噴水前で』と返事があった。

そして、噴水前で落ち合い、向かったのはファミリーレストランである。

早々に注文をすませ、料理が来るまでの間、ケンケンは自分のリュックからカードコレクションのファイルを取り出した。

「これ、見てみる？」

そう言って晶郁の前に開いておいた。ずらりと並んだソードライダーと敵役のカードに晶郁は目を見開いた。

「いっぱい……」

「このファイルは十二代目と十三代目で、十三代目はここから」

ファイルのページをめくって見せる。晶郁は家で十三代目を繰り返し見ているので、敵役の名前を指さし、一つずつ言っていくが、そこでも一番反応が強かったのは、

「ひひら！」

フィフィラだった。

「やっぱフィフィラ人気だなぁ。これ、敵だった時のフィフィラで、こっちのページにいるのが味方になってすぐの頃のフィフィラ」

ページをまた繰り、指さす。晶郁はほぉー、と感心したような声を漏らす。

「ひひらはね、つよくて、きれーで、かっこぃいの」

「わかる！　無表情で敵を倒していくとこが、もうなんか最高に格好いい」

ケンケンが言うのに、晶郁も頷く。

どうやら警戒心は解けたようだ。

その後も、晶郁は自分があまり知らない十二代目についてもレクチャーされ、興味津々でカードを見ながら聞き入っていた。

料理が来ると、今度は今日のショーの話で盛り上がった。

楽しい食事の後、食後に、と頼んでおいたデザートを待つ間、ケンケンは本来の用件を切り出した。

「これ、ジャンクで落札したんだけどさ」

小さな箱から取り出されたのは、十代目の三頭身デフォルメのフィギュアだった。

「ハゲと欠損あるんだけど、修理ってできる？」

「ちょっと見せてもらいますね」

断ってから俊は直接手で持って、状態を確認する。細かな傷は見られないから、子供が遊んでいたものではなさそうだ。ただ、置いていた場所のせいか、部分的な退色——特に赤系統は色が抜けやすい——と、不注意で落としでもしたのか、マントのパーツとソードの先が欠損していた。

「オリジナルに限りなく近づけるって形じゃなくて、パッと見、目立つ破損とかがない感じになればいいっていう形なら、パテ盛りと再塗装で整えられると思います。特にマントパーツは翻(ひるがえ)り方とかの角度がオリジナルとはどうしても違っちゃうと思うので」

「そこはある程度似てれば問題ないよ。上向きが下向きになってるとかいうレベルじゃなかったら」

「それなら大丈夫だと思います」

「じゃあ、頼んでいい？　急ぎじゃないから……」

俊はツブヤイッターで、ソードライダーへの愛を語るついでに、自分のジャンク品の修理工程をアップしている。最初は、どう直せばいいかわからない、とか、どんな材料を使えばいいかわからないとか、そんなことをつぶやいていたら、親切な人がいろいろと教えてくれた。

教えてもらった通りにやって、綺麗に仕上がる——あくまでも素人にしては綺麗に、だが——と嬉しくて、アップしていくうちに、修理を頼みたいとメッセージを送られることも出てきて、直接会って受け渡しができる人限定という縛りで、有償で請け負うことになった。

直接会っての受け渡しにこだわっているのは、現物を見ないことには、写真だけではわからない状態のものもあったりするからだ。

「じゃあ、お預かりして帰りますね」

俊はそう言うと箱にフィギュアを戻し、自分のリュックにしまった。

デザートを食べ終えた後、ケンケンとは乗る電車の沿線が違うのでファミレスで別れた。

来た順路を逆にたどり、マンションに到着すると予定通りに三時五分前だった。

最寄り駅に到着した時点で郁之に連絡を入れていたので、メインエントランスに近づくと、郁之がエントランスロビーで待っていた。

そのまま郁之が中から自動ドアを開けてくれ、俊と晶郁はエントランスロビーに入った。

「おかえり、二人とも」

迎えてくれた郁之に、

「無事に到着しました。晶郁くん、パパにただいまーってして」

俊は答えてから晶郁に促す。

「ぱぱ、ただぃま」

促されるまま返す晶郁に、改めて「おかえり」と言ってから、郁之は俊を見た。

「上がって、お茶でも飲んでいってくれ」

社交辞令として断った方がいいのか一瞬悩んだ俊だが、今日のことの報告や、預かっていたお金の残金を返さなければとも思い、

「じゃあ、お言葉に甘えて、お邪魔します」

と素直に、お茶をいただくことにした。

そもそも、家にあったものなのか、それとも準備してくれたのかは定かではないが、クッキーのアソート缶が出されて、それをいただきながら、俊は郁之と同じくコーヒーを、晶郁はリンゴジュースを飲む。

「晶郁、今日は楽しかったか？」

人心地ついたところで、郁之が問う。それに晶郁は頷いた。

「そーどらいだーが、ばーってきて、たかいとこにのぼって、わるいの、たおすの」

郁之にはよくわからない説明だっただろうが、

「そうか、悪いのを倒したのか。格好いいな」

笑顔で返す。晶郁は満足げに頷いた。

「通路をソードライダーが駆け抜けたり、他の演者も通路に移動してくる演出があったん

ですけど、通路に近い席だったので、割と近くでソードライダーを見られたんですよ」

俊はとりあえず、補足説明をしてから、

「ソードライダーが横を走っていったの、速かったよね」

晶郁に声をかけると、

「ん！　ばーっていくの」

やはり笑顔で返す。

晶郁の好きなソードライダーのショーなので、ハズレはしないだろうと思っていたが、
それでも楽しそうな笑顔を見ると、よかったと思う。

郁之が、電車はどうだった、とか晶郁に話しかけ、晶郁は覚えている範囲で返している。

だが、お出かけはやはり疲れたらしく、自分で話している途中でこっくりし始めた。

「お布団で寝かせてあげた方がいいですね」

俊が言うと、郁之は頷き、

「寝かせてくる。君は、少し待っていてくれ」

立ち上がると、晶郁を抱き上げた。晶郁は一瞬目を開け、不明瞭な言葉で何かを言ったが、眠たさが勝ったようですぐに目を閉じてしまう。

子供部屋に向かった郁之は、五分ほどで戻ってきた。

「待たせた、すまない」

「いえ、大丈夫です」

俊はそう言ってから、この五分で準備した今日の明細と、お釣りを差し出した。

「昼食のレシートがこれで、晶郁くんの分は印をつけてます。会場で購入したソードライダーのグッズのレシートがこれで……」

計算して合計金額をメモし、お釣りを添えた。

「受け取ってくれておいてよかったんだが」

「いや、それはまずいですよ。なんていうか、賄賂(わいろ)的な？」

違う気もしたがとりあえず、受け取るつもりはないのでそう返すと、郁之は少し笑った。

「交通費は？　入っていないようだが」

「未就学児童は大人と一緒だと交通機関によりますけど、大体一人か、二人までは無料なんです」

「そうなのか」

「はい。なので今日の合計はこちらで間違いないです。お確かめください」

俊の言葉に郁之は確かめもせずに、お釣りを財布にしまった。

「いや、君のことは信用してるから」

「逆にプレッシャーですね」

苦笑する俊に郁之は聞いた。

「今日のあの子の様子を、もう少し詳しく聞かせてもらってもいいか?」

「特に問題になるようなことはなかったですよ。電車の中でも大人しかったですし、会場でも普通に楽しんでくれて。お昼ご飯は向こうで会った俺の知り合いと、一緒にファミレスですませたんですけど、ほぼ残さず食べてくれましたし」

そこまで言って、入場前にケンケンに頭を撫でられそうになって、頭を両手で庇った時のことを思い出したが、俊は報告を一旦保留にする。

昼食で合流した時は何も問題なかったし、人見知り傾向の強い子供が、触られるのを拒否するのは、よくあることだからだ。

「そうか。君に迷惑をかけなかったならよかった。……いや、あの子を連れていくこと自体が迷惑だっただろうが」

そう言う郁之に俊は首を横に振る。

「いえ。迷惑なんて、全然。むしろ、子供を連れていた方が、ああいう催しでは肩身が狭くなくていいというか……」

親子連れが多い会場では、成人男性一人の参加というのは大人ファンの多いコンテンツだという理解があっても、やはり、多少、視線の厳しさはある。

今回のように座席が指定されている場合は、大人ファン同士で固まることも難しいので、開演までは若干、居心地が悪い。

だが、今回は晶郁が一緒だったので、遠慮なく楽しむことができた。

「そう言ってもらえるとありがたい」

ほっとした様子の郁之に、

「新しいベビーシッターさん、続いてくれそうですか？」

流れで聞いてみた。すると郁之の表情が曇った。それだけで、問題が生じていることはわかった。

問題が起きたからこそ、俊に、晶郁の気分転換のために会ってほしいと依頼があったのだろうから。

「いや……。これまでの人も、新しく来てくれた人も、特に俺の目から見て問題のある人ではなかったし、派遣元でも顧客評価の高い人だったんだが……毎回、晶郁が三、四日で体調を崩して、ベビーシッターが来るのを嫌がるんだ。今回も同じだった」

「体調を崩すっていうのは、お腹が痛いと言ったり、頭が痛いと言ったり、そういうことですか？」

「それもあるが、実際に発熱するし、吐いたり、下痢、そういう症状もある」

「ストレスが体に出ちゃう形なんですね」

俊はそう言って少し考えてから聞いた。

「ベビーシッターさんって、みなさん何歳くらいの方ですか？」

「今回来てくれていたのは、五十代の女性だ。最初の人は六十歳になったばかりだと聞いた。二人目と三人目が三十代、みんな女性だ」

　戻ってきた返事に俊は首をかしげた。

「何か思い当たるのか？」

「いえ、特定の年齢の方への苦手意識があるのかなと思ったんです。でも、五十代と六十代は子供の目から見てひとくくりにして問題ないとしても、三十代もってことは、違うのかなと思って」

　あてが外れたな、と俊が思っていると、

「難しい子供だと思われて、今頼んでいる会社からは派遣してもらうのが難しくなった。それで、新しい派遣会社を探しているところだ」

　と返ってきた。

　それに少し考えてから俊は口を開く。

「晶郁くんって人見知りがあって、保育園の連絡ノートにも、大人しくて自己主張が苦手かもしれませんって書かれたりするタイプだと思うんです」

　俊の言葉に郁之は頷いた。

「ああ。友達と一緒に遊べないわけじゃないが、自分から友達のところに行こうとはしないとか、そういうようなことも書かれていたが、何か問題なのか？」

「問題っていうほどのことじゃないと思うんですけど、人見知りの傾向が強くて、でもそのストレスを主張できなくて体調に変化が出ちゃうって形で出てるなら、新しい人が来てもしばらくは繰り返しになるんじゃないのかなと思って。その人に慣れるまで我慢させるっていうのも手かもしれないんですけど……それはそれで後々問題が出てきそうですし」

「だが、晶郁の世話をする人は必要だ。俺が毎日世話ができるように帰るのは実際無理だ」

その言葉に俊は頷く。晶郁の件で手伝っている寺沢も忙しくて、二人で回すのは無理だろう。だからこそ、ベビーシッターをということになっているのだから。

「社長のプライベートに、頼まれもしないのに首を突っ込むのはどうかとも思うんですけれど、俺でよかったら、手伝いましょうか？」

そう言うと、郁之は明らかに驚いた顔をしていた。

「えーっと、迷惑なら、取り下げます」

差し出がましかったかなと思って言うと、

「迷惑だとは思っていないが……君の負担になるだろう」

郁之はそう返してきた。

「負担になるかどうかは、やってみないとわからないですし、晶郁くんだって、俺と会うのはたまにだからいいのかもしれないので、頻繁にってなるとまた違ってくるかもしれませんけど……それでも、今の晶郁くんの状態で、また『新しい人』が来るのって、負担かもしれないと思うので」

郁之のもとに帰ってきて、まだ間がない。帰ってきた当初は郁之にさえ人見知りを発揮していたのだから、晶郁にしてみれば、いきなり知らない人の家に放り込まれたようなものだろう。

すべての環境が変わって、落ち着く暇もないことへのストレスなのだとしたら、今は現状を変えないことがいいような気がした。

郁之はしばらくの間、黙っていた。

「どうするのが、現時点でいいのか、情けないがわからない」

しばらくして郁之はそう言った。

「子育てに関して、おっしゃっているなら『わからない』ことばっかりっていうのが実際のところだと思います。慰めとかじゃなくて、上の子の時にうまくいった方法が下の子には通用しないなんてことも、よく聞くので……小さいトライ&エラーを繰り返してくっていうのが現実じゃないですかね。だから今回も、試してみるくらいの感じでいいと思います。それで、晶郁くんのご機嫌な時間が多くなれば、いい方向に行くと思うので」

俊にしたって自分の言っていることに自信なんかない。

ある程度離れたところから状況を見ているから、ああすれば？　こうすれば？　と無責任に言えるだけだということも理解している。

ただ、郁之の様子を見ていたら、郁之自身も結構いっぱいいっぱいなんじゃないかとも思えるのだ。

少しの沈黙の後、

「すまないが、頼む」

郁之が言うのに、俊は頷いた。

5

「晶郁くん、お迎えのお兄さんが来たわよ」

保育士の声に、晶郁は読んでいた絵本をいそいそとしまう。そして保育士と一緒に帰り支度を整えて、俊のもとに小走りでやってきた。

「あっくん、お待たせ。帰ろっか」

膝を折って晶郁を迎えると、晶郁は嬉しそうに頷く。

保育士と軽く挨拶をすると、晶郁と手をつなぎ、保育園を後にする。

晶郁の世話を俊が手伝うことになって三週目に入った。

あの後、郁之と相談した結果、普通の家政婦に来てもらい、家の掃除や食事作りなど、家事に関してはすべて任せることになった。

そして晶郁だが、ベビーシッターが来ていた時は延長保育を受けさせずに帰宅させていたが、毎日延長保育を受けることになった。

基本的には郁之が迎えに行って連れ帰るが、難しい時は寺沢が連れ帰って世話をする。

そして俊は週に二回、火曜日と木曜日は固定で、郁之が忙しくない日でも晶郁の世話をすることになった。もちろん、それ以外の曜日でも、郁之と寺沢のどちらの都合もつかない時は俊がイレギュラーで担当することになっている。

寺沢は、その話が出た時に、

『岸谷くんが面倒見てくれるなら、俺外れてもよくないか？　俺、晶郁くんに好かれてるってわけじゃないし』

と、言っていたのだが、

『俺が体調不良で、社長も都合つかないって時に、いきなり寺沢専務ってなったら、晶郁くんが人見知り勃発させて大事になりますから、晶郁くんが忘れない程度に顔を合わせる機会を作ってもらえた方がいいです』

と説得した。

もちろん、寺沢にとっては負担だとは思うのだが、乗りかかった舟なので我慢してもらうことにした。

晶郁は確実に週に二回、俊が迎えに来てその後も家で一緒にいられる――そして思う存分ソードライダーの話をして楽しめる――というのが安心材料になったらしく、少しずつ安定してきているように見えた。

定期的に来ることになったため、俊は寺沢と同じく、マンションのカードキーを預かることになった。

帰ってくると、いつも通りに整えられた部屋が二人を迎えてくれる。

手洗いとうがいをし、飲み物を用意したら、まず、ソードライダーの過去作品を一本見る。晶郁が古いソードライダーにも興味を示したので、初代から順に見ることになり、俊が自分の持っているDVDボックス——まだブルーレイでは出ていないのだ。出たら買ってしまうだろうなと思うのがファンの性（さが）である——を持ってきたのだ。

今のようなデジタル処理での変身シーンはないし、いろいろな部分がアナログではあるのだが、それが晶郁には逆に新鮮らしく夢中だ。

一本見終わると、夕食である。

家政婦は基本的に夕食の準備は三人分してくれている。俊が来るのは火曜と木曜だけだが、イレギュラーで他の曜日に来ることもあるからだ。

そんな時は弁当を買っていくからいいと言ったのだが、郁之に、

「いつも同じ物を食べるのに、なぜ今日は違うのかと、晶郁が不思議がる」

と言われ、甘えることにした。

俊が来ない日は確実に一人分余ってしまうのだが、家政婦は手を加えて別の物に作り替えてくれているらしい。

夕食の後、洗い物を終えるともう一本ソードライダーを見ることもあるし、ブロック——郁之が晶郁にと買ってきた——で二人で物を作って遊ぶこともある。

三十分から四十分くらいそうやって遊んだ後、晶郁を風呂に入れる。

俊は湯船にまでは一緒に入らないが、髪や体を洗う補助をする。

その頃に郁之が戻ってくるのがいつものパターンだ。

その後は、俊が寝かしつけまでいることもあれば、郁之に任せて帰ることもある。それは逆に決めてしまうと、晶郁が違うパターンの時に寝なくなってしまうかもしれないので、様子次第ということにしてあった。

こうしてある程度のリズムが整って、順調に進み始めた翌週の火曜は、郁之も早めに帰れることになったため、俊と二人で保育園に晶郁を迎えに行った。

たとえ郁之がこうして早く帰ることができても『火曜と木曜は俊が行く』ことに変更はない。火曜と木曜に俊が行くのは、晶郁との約束でもあり、それを守られることが晶郁にとっては大事なのだ。

三人でマンションに帰り、テレビを見て、夕食を取る。

こういう時は、郁之が晶郁と一緒に風呂に入り、俊は一足先に上がってくる晶郁の寝支度を整えて寝かしつける。

ローテーションを始めたばかりの頃は、俊がいることに興奮して寝つくまでに三十分以上かかることもあったが、少し慣れてきたこともあって、今は絵本の読み聞かせの二冊目の途中で大体眠ってくれる。

寝たと思っても最後まで読み続け、読み終わってからも起きてこないのを少し見届けてから俊は絵本をしまって子供部屋を出た。

リビングに向かうと、風呂を終え、スウェットに着替えた郁之が携帯電話を見ていたが、俊が来たのに気づくと携帯電話を置いた。

「何を飲む？」

「あー、麦茶を。入れてきます」

俊はそう言ったが、郁之は、

「君は一仕事を終えたところだろう。座っていてくれ」

そう言うと立ち上がり、キッチンに向かった。そしてグラス二つに麦茶を入れて戻ってきた。

この後は、大体晶郁のことについて話し合う。俊が気づいたことや、保育所からの連絡ノートを見ながら晶郁がどんな風に過ごしているか、問題になりそうなことはないかを確認する。

「『積極的ではありませんが、遊ぶお友達は少しずつ増えて、今日は五人で一緒に遊んでいました』……積極的じゃない、というのはやはり問題なのか？」

郁之が保育士からのコメントで気になる部分を聞いてくる。

「んー、この場合は、個性の範囲内って考えていいと思います。遊ぶ友達もいない、となちょっと気にかけてあげなきゃいけないかなって判断になるんですけど、お友達と遊べてるってことは、単純に『誰とでも友達』ってタイプじゃないだけだと思いますし、お迎えに行っても前は一緒に残ってる子に何も言わないで出て来てたのが、最近はみんなにバイバイって言って出てくるようになりましたし」

俊が言うと、郁之もそのことに思い当たったらしく納得した顔になった。

「そういえば、確かにそうだな。……言われるまで気づかなかった」

「俺の場合、元職スキルボーナスだと思ってください」

笑って返してから、麦茶を口にする。夏が近くなって、冷たいものがおいしく感じられる日が増えてきたと実感した。

「自分の息子とはいっても、晶郁とどう接していいのか、未だにわからない。晶郁も、俺のそんな気持ちを感じ取っているのか、どこか遠慮気味に思える。……君がいてくれて本当に助かってる」

郁之の声には、どこか気落ちしているような気配がかすかに感じられた。

「子供との関わり方がわかってる保護者さんなんて、少ないと思いますよ。特に一人目のお子さんなんかは手探りでやってくしかないって感じみたいです」

経験則からそう言ってみたのだが、

「君はわかってそうだが」

すぐにそう返ってきて、俊は苦笑した。
「わかってるってわけじゃないですよ。自分の子供じゃないから客観的に見られるってい
うか……仕事として子供と関わってた分、客観的に見られないとダメって部分も割とある
んで、そういう面では社長よりはちょっと有利かなってだけです」
とりあえず、そう言ってから、
「俺なんかが言うのはおこがましいですけど、社長はちゃんと『パパ』をやってると思い
ます。……晶郁くんがうらやましいなって思う時、ありますよ」
そう付け足した。
「うらやましい？」
「俺、五歳の時に父親が事故で死んじゃって、母子家庭になっちゃったんで、父親の記憶
が薄いんですよね」
できるだけ、しんみりとした感じにならないように言ったが、郁之はどう返していいか
わからない様子なので、もう少しだけ続けた。
「うちは三人兄弟で、俺は末っ子なんです。上二人と俺とはちょっと年が離れてて、上の
兄が七つ上、下の兄が五つ上なんですよ。だからその二人は、結構父親の記憶があって、
母親と上二人が父親の思い出話とかしてんの聞いても、俺はポカーンって感じで。母親は
すぐにフルタイムの仕事を始めて、家にいる時間が少なかったから、普段は俺の身の回り

のことは二人の兄がしてくれてて、それでも日曜とかは母親が頑張って遊びに連れてってくれたりして」

「そうだったのか……」

「まあ、逆に言えば晶郁くんは、母親との思い出が少なくなっちゃうから、俺がうらやましがるっていうのも違うっていうか、なんか、アレなんですけどね」

俊が笑って言うのに、

「……君は、ちゃんと育ったと思う」

郁之はまっすぐに俊を見て返してきた。

流れでつい自分語りをしてしまったが、そんな風に言われると、少し胸が詰まりそうになる。

子供の頃、それぞれにみんなが必死だったことはわかっている。

それでも寂しいと思わなかったというわけではなかったから、優しい言葉をかけられると、なぜか泣きたくなるような気持ちになる。

それを隠すように、俊は無理矢理に見えないように笑顔を作って、

「……育つって言葉で思い出したんですけど、晶郁くんの服、そろそろサイズアウトしてきてます」

気になっていたことを伝えた。

「そうなのか……？　まだちゃんと着られていると思うんだが」

「普通に過ごしてる分には問題ないですけど、ゆとりがなくなってるんです。のびのびと動かせない感じで」

見た目に、ぱっつんぱっつんという感じではないが、手足をのびのびと動かせるかといえばギリギリだろう。

もしかしたら「気づいているけれど、買いに行く機会がない」だけかなと様子を見ていたのだが、どうやら違ったらしい。

「元妻が、晶郁を連れてきた後に一式送ってきて、それで回してたんだが」

俊が知る限り、晶郁の衣装ケースに入っている服は、厚手から薄手の春物と、ギリギリ初夏までいけそうかなというものばかりだ。

引き取られたのが春先だったので、その少し先まで、といった感じのラインナップを送ってきたのだろうと察した。

「子供はすぐに大きくなりますし、梅雨が明ければ本格的に暑くなりますから、どっちみち夏服が必要になるので、買ってあげてください」

俊が言うと、郁之はほんの少し眉根を寄せた。

「……何を買ってやればいい？」

皆目見当がつかない、といった様子だ。

「店に晶郁くんを連れていって、合いそうなサイズのものを適当に一式買えばいいです。足りなかったら、買い足せばいいんですし」

「百貨店の子供服売り場に行けば、なんとかなるか?」

真剣な顔で聞いてくる。

「そりゃ、なんとかなりますけど、晶郁くんの年頃だとすぐにサイズアウトして来年もってわけにもいかないし、汚すことも多いですから、リーズナブルな店の商品でいいんじゃないですか? 今のも百貨店ブランドじゃないですし」

百貨店に入っているようなブランドは、確かに生地がしっかりしているし縫製もいい。しかし、ワンシーズンで使い捨てにするには高い。

その程度の出費は郁之にしてみればたいしたものではないかもしれないが、俊の感覚で言えば「もったいない」感じが強い。

「リーズナブルな店……」

「ウニクロとか、赤子本舗とか、しまたにとか、いろいろありますよ」

子供服は大体その辺りで買っている保護者が多い印象だったので店名を出してみたが、郁之は少し黙した後、

「すまないが、頼まれてくれないか?」

俊に振ってきた。

「……忙しいんですか？」

「いや、売り場で右往左往する自分の未来が見えた」

真顔で言う郁之に、右往左往するのも父親の仕事の一つだとは思ったが、恐らくは女性が大半だろう子供服売り場に、全くわけがわからない郁之と晶郁と放り込むのも、多少酷かと思えたので、

「じゃあ、一緒に行きましょう。今週の土日、どっちか社長の都合のいい方で」

とにかく、初回は手伝おうと提案した。

それに郁之は携帯電話でスケジュールを確認し、

「……日曜日、頼めるか？」

と返してきたので、日曜日に買い物に行くことが決定した。

さて日曜日である。

木曜に会った時に「日曜日はお昼から、晶郁くんの夏のお洋服を買いに行くよ」と伝え

ておいたので、晶郁はごきげんな様子で、約束の時間にやってきた俊を迎えてくれた。郊外の店舗の方が客もそう多くなく、フロアも広いので、ドライブを兼ねて、俊が提案していた店に行くことになった。

「とりあえず、下着、トップス、ボトムが五枚ずつあれば回ると思うんですけど。それから、靴もそろそろですね。爪先が詰まってきてるので」

という俊の言葉に基づいて、基本的に郁之に選んでもらう。

その間、俊は晶郁が飽きてしまわないように相手をした。

郁之は、俊に選んでもらうつもりだったようなのだが、

「相談には乗りますよ？」

笑顔で返すと、晶郁のサイズの物から何点かピックアップしてきた。そこから素材や縫製を確認して、試着の可能なものは晶郁に試着をさせて着心地を確認させて、動きやすさなども見る。

「このカーゴパンツはちょっとウエストゴムが緩すぎるので、走ったりするとずり落ちちゃいそうですね」

ウエストの辺りに指を入れて確認しながら言う。

「晶郁のサイズの物を選んだんだが」

「商品によって差もあるんですけど、これはそういう緩めの作りって感じですね。ワンサ

イズ下げてもいいですけど……晶郁くん、このパンツ、好き？　保育園にはいていって、お友達に見せたくなる？」

俊が問うと晶郁は首を傾げた。

「んー、じゃあ、そこまでして買わなくてもいっか」

そんな感じで買う商品を決めていき、一軒目で不足したものは二軒目、そこでも揃わなかったものは三軒目へ、という流れを想定していた。

最初はポカンとしていた晶郁だが、「新しいお洋服を買う」という説明と行動がつながったらしく、二軒目からは、気に入った服——主に描かれているイラストなどだ——があると、郁之の手を引っ張って、

「ぱぱ、これ」

と、ねだる様子を見せる。それに応える郁之はちゃんと父親の顔で、その様子に俊はうっかりときめいた。

——いいなあ、あんな『お父さん』って。

実の父親の記憶があまりないせいで、ファザコンを拗らせている自覚はある。

自覚はあるが、まあ、口に出したりしなければギリギリセーフだろうと俊は自己弁護しながら、二人の様子を一歩引いたところで見ていた。

イケメンな父親と可愛い晶郁という父子は目立つことこの上なく、同じ売り場にいた子

連れの保護者——主に女性だ——がちらちらと見ていた。

そのうち、声でもかけてきそうだなと思いつつ、そうならないように適宜俊が近づいて郁之に声をかけて、売り場を移動する。

なぜそんなことをするのかといえば、面倒を避けたいからだ。

わざわざ声までかけてこようとする相手が、挨拶だけで去る確率はかなり低い。

たいていはこういう買い物に母親も一緒に来るものなのに、わざわざ父親が一人で来ている時点で、わけありだということはお察しである。

子供をダシに使って、ママ友会への誘いだとか、この後お茶でも、なんて想像しやすい流れだ。

郁之が一人の時には大人としての判断の上で誘いに乗ってもいいとは思うが、人見知りな晶郁がいる今は避けたいのである。

二軒目で、予定していたアイテムはすべて揃った。そのまま帰ってもよかったのだが、予定していた三軒目が近いことと、どうせ来たついでだからと郁之が言うので、三軒目にも念のため立ち寄ることにした。

店が変われば商品のラインナップも変わるため、どの店の物が晶郁の好みに合うかも見てみたい様子だった。

三軒目は大人の服がメインで、子供用品は四分の一から五分の一ほどのスペースに集約されているが、アイテム数が少ないわけではない。

基本的に同じデザインのアイテムは各サイズ一、二点ずつしか扱わないことで、数多く種類を準備してあるようだ。

「ぱぱ、そーどらいだー！」

しかし、そこで晶郁の目を引いたのは、服ではなくおもちゃコーナーにあったソードライダーのイラストが描かれた砂場セットだった。

「ああ、ソードライダーだな」

「……ぁそびたい…」

砂場セットから目を離さずに言う。

その言葉に郁之は俊を見た。

決して高価なものではない。しかし、簡単に買い与えていいものかどうか判断できない、といった様子だ。

それに俊が近づいていくと俊の脇を六歳くらいの子供がバタバタと大きな足音を立てて走っていき、それを追ってもう一人の子供が名前らしきものを呼びながら追いかけていく。

保護者らしい人物は近くには見えない。

恐らく、自分の服を選んでいるのだろう。

子供用品と大人用品が一緒に置いてある店舗ではよく見かける光景ではあるし、子供にとっては店内の通路は格好の遊び場だ。

ましてや自分の用事がすんで、保護者が不在となれば大人しくなどしていないだろう
――と理解はできても、危ないことこの上ないと思う。

舌打ちしたいのを堪えて、俊は郁之と晶郁に近づいた。

「晶郁くん、ここれ、砂場セットだよ？　砂場は保育園にしか……」

膝を折って目の高さを合わせて晶郁に話しかけた時、

「あんたたちは！　なんでじっとしてられないの！」

いきなり女性の怒鳴り声が聞こえた。恐らくさっきの子供たちの母親だろうと思われた。

しかし、聞こえてきたその声に、晶郁は突然、両手で頭をしっかりガードして座り込んだ。

俊と郁之が戸惑う間も、女性が子供を叱りつける声は続いて、それに小刻みに体を震わせる晶郁は、まるで嵐が過ぎるのを待つしかない小動物のようだった。

その様子に、俊は以前ケンケンに頭を撫でられかけて晶郁がガードしてよけた時のことを思い出した。

――もしかしたら……。

ふっと脳裏に浮かんだことがあるが、まずは晶郁のケアが先である。

「晶郁くん、大丈夫だよ。晶郁くんを叱ってるんじゃないからね」

晶郁に優しく声をかけて、膝をつくとゆっくりと晶郁をハグする。

「大丈夫、大丈夫」

声をかけながら郁之を見ると、郁之は怪訝(けげん)そうな顔をしていた。

それに唇の動きだけで「後で」と伝えると、郁之は頷いた。

そのうち晶郁が手を下ろしたので、俊は晶郁を抱き上げた。

「帰りましょうか。一通り、アイテムは揃いましたし」

俊の言葉に、郁之は、ああ、と返してきて、そのまま店を出てマンションに戻った。

マンションに着いた頃には、晶郁の様子はいつも通りに戻っていた。

それに安心しつつ、今日買ってきた服の商品タグをすべて切り取り、洗濯表示を確認して、洗濯機で一度洗う。

店頭でいろんな人の手に触れているし、一度洗った方が吸湿性なども上がるからだ。

今日はいつものように夕食後、寝かしつけまでいることになっているので、その間に乾燥まで終わるだろうという見立てである。

洗濯機に放り込む作業が終わると、俊は一足先に郁之とソードライダーを見ている晶郁のもとに向かい、三人で並んで一緒に鑑賞する。

郁之も時間のある時にはこうして一緒に鑑賞して、晶郁の好きなものを理解しようと努めているのだ。

――本当に、いいお父さんだよなぁ……。

子供の扱い方がわからないと言っていたが、だからといって人任せにしないで、忙しい時間の合間を縫って努力している。

まあ、任せられるところは任せているようだが――今日の買い物も、俊に全振りしようとしかけてはいたが――それでも、晶郁のことを考えていることだけはわかる。

考えるからこそ、扱いの苦手な自分ではなく、得意な者が関わった方が晶郁にはいいんじゃないかと思っているのだろうと、なんとなくわかる。

だから、きっと今日の晶郁の様子が気にかかっているだろう。

――推測でしかないことまで含めて、話した方がいいのかな……。

郁之と話すのは晶郁が眠ってからだ。

それまでの間に、俊は少し考えることにした。

その夜も晶郁はいつもと同じように絵本の二冊目の途中で寝入った。

俊が晶郁の部屋を出てくると、郁之がこの前のようにリビングでソファーに座し、待っていた。

「晶郁は大人しく寝たようだな」

「はい。……特にぐずったりもなかったです。お風呂でも、変わった様子はなかったですか？」

俊の問いに郁之は頷いた。

「ああ。俺が気づけていないだけかもしれないが」

「大丈夫です、多分」

そう返しながら、郁之と適度な距離を置いてソファーに腰を下ろすと、

「あの店でのことだが……君は何か知ってるんだろう？」

郁之が切り出した。

「知っているわけじゃないです。俺が晶郁くんと一緒にいて察したことと、あとは完全に推測でしかないってことが大前提なんですけど、それでもいいですか？」

俊の言葉に郁之は頷いた。それを見て俊は一息ついてから、口を開いた。

「奥さんのところにいる時に、虐待とまではいかないかもしれないですけど、ちょっと過剰な躾(しつけ)っていうか、そういうのがあったかもしれないです」

それを聞いて郁之は険しい表情を見せた。しかし、俊の言葉の続きを待つように黙したままだ。

「奥さんは、社長と離婚された後、一人で子育てをされてたんですか？」

「……いや、彼女の実家近くに住んで、母親を頼っていたはずだ」

「めちゃくちゃ立ち入ったことになるんですけど……晶郁くんが、社長のところに帰ってくることになった理由って聞いても大丈夫ですか？」

「再婚を考えているが、相手が子供がいることに難色を示しているからと言っていた」

それを聞いて、少なくとも俊の中では辻褄が合った。

「……晶郁くんは、三十代くらいの、ちょっと体格のいい男の人に対してもおびえる感じがあるんです」

俊はそう切り出して、ケンケンが頭を撫でようとした時にも、同じように頭を庇って俊の後ろに隠れたことを話した。

「過剰な反応だとは思ったんですけど……その後、昼食を一緒に取った時には普通に接していたので、人見知りから出た行動だって言っちゃえばそうなのかな、とも思って、その時は社長に報告しませんでした。すみません」

「いや、君が謝ることじゃない」

郁之はそう言ったが、思案気だった。

「ダメになったベビーシッターさんの年齢、五十代と六十代、それから三十代っておっしゃってましたよね？」

「ああ」

「奥さんと、奥さんのお母さん……つまり、晶郁くんのお母さんとおばあちゃんと似た年齢の人だから、苦手意識が植えつけられちゃってってことじゃなかったのかなって思って。社長や寺沢さんにも人見知りっていうか、そういう感じだって聞いたことありますし、イベントで会った俺の友達も年齢的に近いんで……奥さんが再婚を考えてるって人の年齢はよくわかんないですけど、もしそれくらいの年齢なら、トラブってる可能性もなくはないっていうか……そう考えると、年齢的に該当しない俺が、割と打ち解けてもらえるのが早かったのも理解できる感じで……」

一応、オブラートに包んだ言い方はしたが、そこからいろいろと察することはできるだろう。

より険しくなった表情のまま、沈黙して考え込んでいる様子の郁之に、俊は急いで付け足した。

「えーっと、全部『可能性として』なだけなんで。全然違ってるってこともあると思うんで、わからないんですけど」

晶郁の様子から、想像を膨らませれば、そういう可能性もあるというくらいのことだ。

俊が保育士をしていた時、勤務先の園では虐待を疑われるような子供はいなかったが、それでもその兆候を見逃さないように、研修はあった。

だから「虐待につながりかねない可能性」としての知識があるから、そう思えてしまうだけかもしれない。

しかし、郁之は一つ息を吐くと、

「いや、可能性として、なくはないだろう……」

そう言うと、また黙した。

わずかな沈黙の後、俊は聞いた。

「……晶郁くんが、これから奥さんと会う可能性ってありますか？　面会条項とか」

「いや。今回引き取ることになった時には、そういった取り決めはしてはいない。……その辺りをきちんとしておいた方がいいな。親権の移動も含めて」

「そうですね。その方が、安心だと思います。特に今はまだ、少し落ち着いたとはいっても不安定な状態だと思うので」

子供は、どうしたって大人の都合に振り回される。

それは様々な事情で仕方のないことだとは思う。

だからこそ、その後のケアが大事——などというのは、理想論ではあるが、避けられる厄介事は避けた方がいい。

その後、もう少し晶郁のことを話してから、俊は帰ることにした。

「じゃあ、社長、今日はお疲れさまでした」

玄関まで見送りに来てくれた郁之に俊が言うと、

「疲れたのは君の方だろう。休みの日にまで呼び出してすまない」

郁之は申し訳なさそうな表情を見せた。

「いえ、俺も楽しんでますから」

そう返した俊に、郁之は、

「君がいてくれて、本当に助かってる。正直に言えば、俺も君が来てくれている日は、帰るのが楽しみになっている」

晶郁に向けているような、優しい父親の表情でそう言った。

それに、俊の心臓が一度大きく跳ねて、それから少し速いリズムで鼓動を刻み始める。

——だから、そのパパっぽい感じ……！

不意打ちはずるい、などと胸の内で思いながら、動揺を悟られないように、

「そう言っていただけたら、来てるかいがあります」

そう笑顔を作って言った。

職場環境の事情で辞めてしまったが、やはり子供と関われるのは嬉しい。

「じゃあ、また明日会社で。おやすみなさい」

ぺこりと頭を下げる。

「ああ、また明日。気をつけて帰ってくれ」

送り出す言葉にもう一度軽く会釈をして、俊はマンションを後にした。

——ホント俺ってファザコンだよな……。

駅へと向かいながら、胸の内で呟く。

自覚はあったものの、身近で「父親」っぽい様子を見せる人はいなかったため、自分のファザコン度を認識する機会はそうなかった。

だが、今は、晶郁といると郁之が「父親」であるところをしょっちゅう見ることになって、そのたびに憧れめいた感情が湧いてくる。

自分がファザコンであることは止められるわけではないし、そのこと自体は悪いことでもないと思うが、一般的に大手を振って「ファザコンなんです」と宣言したりするようなことでもない。

むしろ宣言された方が戸惑うだろう。

——不審な行動だけはしないように、気をつけよ……。

胸の内で独りごちて、俊はやってきた電車に乗り込んだ。

6

仕事上も晶郁に関しても特にトラブルもなく、週半ばを越えた木曜の昼前、俊の携帯電話が振動してメッセージの受信を告げた。

ちらりと画面を立ち上げて確認すると郁之からのメッセージだった。

それだけで、晶郁に何かあったことがわかる。

晶郁に関したことは、状況を共有しておいた方がいいし、郁之のプライベートに関わることなので社内メッセージを使わない方がいいだろうという判断で、携帯電話のアプリに寺沢も入れて三人のグループを作ったのと、それとは別に郁之ともつながった。

寺沢に共有しなくてすむものは、そちらに連絡が入るようになっている。

今日は個人の方に連絡が入っていて確認した。

『朝から少しトラブルが起きた。そのせいで晶郁の機嫌が悪いかもしれない』

今日のお迎え担当が俊なので、連絡してきたようだ。

——トラブルって、何があったんだろ？

それによっては対応を考えなくてはいけないので、俊は「トラブルって、何があったんですか？」と返した。

今、郁之は社外だ。晶郁を保育園に送り、そのまま社外の用件をこなしていて、帰社時間が読めない様子なのは、共有スケジュールでわかっていた。

俊が迎えに行くまでに、時間のある時に返信してくれるだろうと思っていたが、すぐに返信があった。

『晶郁が気に入っていたソードライダーのフィギュアが棚から落ちて壊れた。そのままにしておくわけにもいかないから、片づけて捨てようとしたんだが、嫌だと言って泣き出して止まらなくなったが、無理矢理連れ出して保育園に預けてしまった』

「預けた」ではなく「預けてしまった」と書いてくるところで、郁之がかなり晶郁を気にしているのがわかる。

「了解しました。お迎えの時に、気をつけておきます」

そう返信しておく。

気に入っていたものが壊れてしまうのは、子供だろうと大人だろうと、関係なくつらいことである。

壊れただけでも悲しいのに、それを捨てるなどと言われたら、どうしようもないことだとは理解できていても感情が追いつかない。

俊にも、お気に入りのものを壊してしまった経験が多々ある。

愛着がある分、その喪失感たるや、筆舌に尽くしがたいとまではいかないが、相当なものだった。

——晶郁くんが気に入ってたってなると、あの大きなやつかな……。

テレビボードに飾られていた、五十センチクラスの今期の精巧なフィギュアが晶郁はお気に入りだった。

子供向けのおもちゃというわけではないので、普段は棚に飾ってあるのだが、晶郁にたびたびねだられて棚から下ろしてやっていた。

そのリアルさに、晶郁はいろんな角度から見入っていた。

恐らく、脳内では生き生きとソードライダーがアクションを繰り出しているのだろうとわかった。

壊れたのがそのお気に入りだとしたら、相当泣いただろうなということだけは予想できる。

——お迎えまでにはちょっと浮上してくれてればいいんだけど……。

そんなことを考えながら、俊は予定通りに定時で仕事を終えて保育園へと向かった。

「晶郁くん、お迎えよ」

保育士の言葉に、もう一人の保育士の絵本の読み聞かせの輪にいた晶郁は、パッと立ち上がると、保育室の入り口まで小さな足音を立ててやってきた。

「しゅんくん！」

「あっくん、お待たせ。帰ろうか」

膝を折り、顔を見ながら言うと晶郁は頷いて、自分の通園カバンや帽子をロッカーから取り出し、身に着けて、また戻ってくる。

保育士に、さようなら、と挨拶をして、手をつないで帰路につく。

「あっくん、さっき、なんの絵本を読んでもらってたのかな」

「うらしまたろー、かめさんが、むかえにきたの」

「じゃあ、これから竜宮城へ行くところだったんだね。帰ったら、おうちで続きを読もうか？」

「しゅんくん、よんでくれる？」

「うん」

そう返せば、晶郁は嬉しそうな顔をする。

俊が火曜と木曜のお迎えをするようになって少ししてから、晶郁は俊のことを「おにいちゃん」ではなく「しゅんくん」と呼ぶようになった。

名前を聞かれて答え、その次のお迎えの時には名前を呼ぶようになっていたのだ。

俊も「晶郁くん」ではなく「あっくん」と呼ぶようになった。

晶郁の一人称が「あっくん」だからだ。

POSTCARD

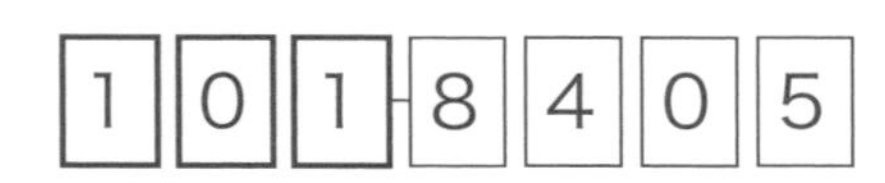

東京都千代田区
神田三崎町2-18-11

二見書房
シャレード文庫愛読者 係

通販ご希望の方は、書籍リストをお送りしますのでお手数をおかけしてしまい恐縮ではございますが、**03-3515-2311までお電話くださいませ。**

＜ご住所＞ □□□-□□□□

＜お名前＞　　　　　　　　　　　　　様

＜メールアドレス＞

＊誤送を防止するためアパート・マンション名は詳しくご記入ください。
＊これより下は発送の際には使用しません。

TEL	職業／学年
年齢　　　　代	お買い上げ書店

Charade 愛読者アンケート

この本を何でお知りになりましたか？

1. 店頭　2. WEB（　　　　　）　3. その他（　　　　　　　　　）

この本をお買い上げになった理由を教えてください（複数回答可）。

1. 作家が好きだから（小説家・イラストレーター・漫画家）

2. カバーが気に入ったから　3. 内容紹介を見て

4. その他（　　　　　　　　　　　　　　　）

読みたいジャンルやカップリングはありますか？

最近読んで面白かったBL作品と作家名、その理由を教えてください（他社作品可）。

お読みいただいたご感想、またはご意見、ご要望をお聞かせください。

作品タイトル：

ご協力ありがとうございました。
お送りいただいたご感想がメルマガに掲載となった場合、オリジナルグッズをプレゼントいたします。
HPのご意見・ご感想フォームからもアンケートをご記入いただけます ➡

「それでね、あっくん、いっぱいはしったの」

楽しそうに今日、保育園であったことを話してくれる晶郁には、落ち込んでいる様子はない。

恐らく、保育園で過ごすうちに朝のことは忘れたのだろう。

——でも、きっと思い出すよなぁ……。

という俊の予想通り、マンションに戻ってきて、手洗いをすませリビングに向かい、テレビの前に立ったところで晶郁は固まった。

棚の一角が、ぽっかりと空いている。

俊が予想した通り、壊れてしまったのは、晶郁の一番のお気に入りだったソードライダーのフィギュアだった。

見る間に晶郁の目に涙が浮かんできて、ペタンとラグの上に座り込むと、声を上げて泣き始めた。

朝、壊れてしまった時の衝撃と、そこに昨日まであったものがないという事実が一気に襲いかかってきたのだろう。

俊は晶郁の隣に腰を下ろし、優しく声をかけた。

「パパから、ソードライダーが壊れちゃったって、教えてもらったんだけど、もう捨てちゃったのかな？」

俊が問うと、晶郁はしゃくり上げながら、

「ぱ…ぱ、ぁぶな……から、…ってる…って……」

震える声で伝えてくる。

「そっかー。確かに破片とか、あっくんが踏んじゃったら、怪我をして痛い痛いになるもんね」

とりあえず郁之の言い分は間違っていないことを、晶郁が理解するかどうかは別として伝えてから晶郁が少し落ち着くまで隣にじっと座って待つ。

——二十四時間、いつでも出していいのは可燃ごみだけで、不燃は確か週に一回、だったっけ……。

待ちながら、マンションのごみ出しルールを思い出す。

以前、可燃ごみは毎日捨てられるが、不燃ごみは週に一度だから溜まりがちになる、と郁之が言っていた。

今日がその不燃ごみの回収日でなければ、まだ家にあるはずだ。

俊は晶郁の嗚咽(おえつ)が少し収まるのを待ってから、一度立ち上がり、不燃ごみのボックスを開けてみた。そこには、ソードライダーの壊れたフィギュアが、幸いなことに一つの袋にまとめて入れられていた。

俊はその袋をボックスから取り出すと、リサイクル用の回収袋から古い新聞紙も一緒に持ってリビングに戻ってきた。

「あっくん、ソードライダーいたよ」

袋に入れられた壊れたソードライダーは、晶郁にとってはショックなものに違いなかったが「まだ家にあった」ことへの安堵の方が強いようだった。

俊はラグの上に新聞紙を広げると、そこに壊れたソードライダーを一つ一つ取り出していく。

ソードを振り上げていた右手が二つに折れて、ソードも三つに折れていたが、欠けている部分はない。

頭から胴体左腕、そして左足は無事だが、右足は膝の辺りで折れていた。

壊れたパーツを確認しながら順番に並べたところ、飾りの小さなパーツなど、なくなっている部分もあるが、大体は揃っているのがわかった。

「んー、これから、直せるかな……」

俊が呟いたのに、神妙な顔をして並べられていくソードライダーを見ていた晶郁はきょとんとした顔で、

「そーどらいだー、なおるの？」

と問い返してきた。

「全部元通りにはできないけど、取れちゃった足と手をくっつけて、折れた刀もくっつけ

てあげることはできると思うよ。……凄く時間がかかるけど、あっくん、待てる？」

俊が聞くと、晶郁は頷いた。

「うん！」

「じゃあ、ソードライダーは今日から俊くんのおうちに入院決定」

俊はそう言って、新聞紙に広げたソードライダーをそっと新聞紙ごと、軽く包んで袋に戻す。

直ると聞いてさっきは嬉しそうだった晶郁だが、袋を見ている目はどこか寂しそうだった。その晶郁の頭を俊は優しく撫でた。

「あっくん、大丈夫だよ。できるだけ、直すから、ソードライダーが帰ってくるの、待っててあげて」

そう言うと、晶郁はもう一度、うん、と頷いた。

もう、すっかり浦島太郎の続きを読むことを忘れていた二人は、そのままいつもの日課でソードライダーのＤＶＤを再生して、一緒に見ていた。

そして、そろそろ夕食を温めようかと思った時、玄関の扉が開く音がした。

「ぱぱだ」

晶郁はそう言うとソファーからちょんっと飛び降りて、玄関に向かっていく。俊はＤＶＤを一時停止にして、その後を追った。

「ぱぱ、おかえりなさい」

「社長、おかえりなさい、お疲れさまでした」

丁度靴を脱いでいるところだった郁之を、二人で出迎える。

笑顔で出迎える晶郁の様子に、郁之は少し安心したような顔をして、

「ただいま」

そう返して晶郁の頭を撫でる。晶郁は撫でられながら、

「あのね、しゅんくんが、そーどらいだー、なおしてくれるの」

すぐさま報告した。

「え？　直す？」

怪訝な顔で郁之は俊を見た。

「あんなに何か所も壊れてるものをか？」

普通は諦めてしまうだろう壊れ具合なので、郁之の反応はもっともだ。

「俺、趣味でジャンク品のグッズをリペアしてるんで……全くの元通りっていうのは難しいんですけど、ある程度、破片も揃ってるからそこそこな感じには直せそうなので」

「そうなのか……」

そう言った後、

「修理代を請求してくれ」

と続けてきた。

「趣味の範囲内のことなんで……」

「それでも、時間も材料も使わせる」

郁之は引かない様子で言う。

「じゃあ、修理終わったら請求します。それでいいですか？」

俊が返すと郁之は頷き、晶郁を抱き上げた。

「よかったな、晶郁」

郁之が言うのに、晶郁は笑顔で頷いた。


夕食を一緒に食べて、食休みにＤＶＤでソードライダーを一話分から二話分見て、郁之と晶郁はバスルームに向かう。

その間、俊は保育園からの連絡ノートを確認して、問題が起きていないかなどを確認する。

連絡ノートへの記入は郁之の仕事なのだが、記入内容に関してはネタに困らないように俊がフセンメモに書いて貼り付けておく。

それをもとに郁之が書く――のだが、ほぼ丸写しになっていることが多い。

それでも俊が代わりに書くことをしないのは、仕事が忙しくて晶郁の変化を見落としがちになる郁之に、晶郁のことをちゃんと知っておいてほしいからだ。

丸写しでも、移す時に連絡ノートに目を通すことになる。

そういうことが大事だと思うのだ。

「しゅんくーん」

少しするとバスルームから晶郁の呼ぶ声が聞こえた。晶郁が上がってくるようだ。

はーい、と返事をして脱衣所のバスマットの上に立って待っていた晶郁の体を拭いてやり、着替えさせて髪を乾かし、風呂上がりの麦茶を飲ませて一息つくと、寝かしつけのために子供部屋へと連れていく。

今日はソードライダーの件で感情の浮き沈みが激しくて疲れていたのか、晶郁は一冊目の絵本の途中で寝てしまった。

いつものように寝入った後も少し見守ってから子供部屋を後にし、リビングにいた郁之と連絡ノートを見ながら晶郁の様子について話してから帰ることにした。

「じゃあ、今度はまた火曜日に来ます」

玄関で靴を履きながら言った俊に、郁之はああ、と返してから、

「これを」

そう言って封筒を差し出してきた。

「え？」

なんの変哲もない茶封筒だ。だが、なんとなく中味はわかる。

「晶郁のために時間を使わせているからな。些少(さしょう)だが、収めてほしい」

思った通り、現金が入っているらしい。

確かに今日は、俊が来る今月最後の日だ。だから、締めとしては最適な日だというのは理解できる。だが、俊は戸惑うのと同時に、胸の内にモヤモヤが湧いてくるのを感じた。

「受け取れないです……そういうつもりで来てるわけでもないですし、一緒にテレビ見てご飯を食べて帰るだけなんですから」

俊としては、世話らしい世話をしているつもりはなかった。

家に帰る代わりにここに来て、晶郁と楽しく過ごしているだけなのだ。

「残業や、休日出勤と同じことだ。……受け取ってもらえないと、これから、頼みづらい」

その言葉に、俊は少し迷ってから、封筒を受け取った。

「じゃあ、ありがたく受け取らせていただきます」

俊は受け取った封筒をカバンにしまうと、壊れたソードライダーのフィギュアの入った袋を持った。

「お疲れさまでした、おやすみなさい」

なんとかいつも通りの笑顔を作って、言う。

「ああ、おやすみ」

送り出す声にもう一度軽く頭を下げて、俊はマンションを出た。

しかし、モヤモヤは消えなかった。

郁之の気持ちはわかる。

俊としては、厚意の範囲内で手伝っているつもりだったが、郁之にしてみれば、自社の社員に業務外のことで時間を使わせている、という感覚になるだろう。

それは、頭では理解できるのだが感情的に、納得ができなかった。

家に帰り、もらった封筒の中身を確認すると、五万円も入っていて、もらいすぎだとアプリで伝えたのだが、退社後からマンションを出るまでの時間を平均時給で出すと概ね一日五千円で、これまでの日数分と、日曜に買い物に行った分を含めたらそのくらいだと返事があった。

確かに、説明されると納得するしかなかったのだが、やはりモヤモヤは消えなかった。

それが顔に出てしまっていたのか、

「岸谷、ジュースおごってやるからちょっと来てくれる?」

翌日、仕事中に寺沢にそう言われ、フロアの自販機が並んでいるエレベーターホールまで呼び出された。

晶郁の世話の件で、寺沢とも随分距離が近くなって、以前は「岸谷くん」と呼ばれていたが、今ではもっぱら呼び捨てだ。

それが不快ではないのが、寺沢のフランクさだろうと思う。

コーヒーを買ってもらい、促されるまま近くにある休憩用のベンチに腰を下ろすと、

「西條から、おまえにベビーシッター分の給料渡したら、なんか不機嫌な顔されたって相談されたんだけど、なんか気にさわったのか？」

単刀直入に聞かれた。

「不機嫌ってわけでも、気にさわったってわけでもないです」

「でもなんか、引っかかってんだろ？」

すぐにそう続けられて、逃げ道がなくなる。

というか、できるだけ顔に出さないようにしていたつもりだが、気づかれていたらしいことが、申し訳なかった。

「お金をもらえるようなたいしたことをしてたつもりはなかったので……家に帰る代わりに、晶郁くんを連れて社長のマンションに行って、テレビ見てご飯食べて帰ってくるっていう、それだけのことしかしてないのに、お金もらっちゃうと…なんか……申し訳ない感じがして。そもそも、そういうつもりで手伝うって言ったわけじゃなかったですし、だから……」

自分の中で言語化できる部分を口にする。

引っかかりはそれだけではないのはわかるのだが、まだそれをちゃんとどんな部類の感情なのか仕分けもできなかったし、理由として説明もできなかった。

「いや、おまえのやってることは十分、金取れる内容だからな？」

「遊んで、ご飯食べて帰るだけで、ですか？」

「晶郁くんを気分よく過ごさせるって方の意味で、だ。西條が激困りしてたのは、おまえも知ってるだろ？　ぶっちゃけ日中の仕事にも差しさわりが出る状況だったし、俺もあいつも子供との接し方なんぞ皆目わからなかったからな。人に預けようにも、当の晶郁くんがそれを嫌がる。挙句、体調に変化をきたす勢いでストレスを溜める。ほとほと困ってたところに、天使降臨レベルで岸谷の登場だ」

おどけながら、寺沢が言う。

「大袈裟（おおげさ）です」

「おまえから見りゃ、大袈裟だろう。けど、マジで後光が差す勢いでの手伝いだぞ。岸谷が晶郁くんのことに関わるようになって、晶郁くんは随分落ち着いた。俺が保育園に迎えに行っても嫌がらずに帰り支度をして出てくるレベルだぞ？」

どうやら、以前は嫌がって出てこなかったらしいのがそれでわかる。

「それでも、もらいすぎです」

「いくらもらったんだよ?」

「……五万、いただきました」

正直、もらいすぎでしかないのだが、それを聞いて寺沢は笑った。

「もらっとけ、もらっとけ。あいつが元嫁に渡してた養育費から、昼間の家政婦とおまえに渡した分を差し引いたって釣りが来るレベルだ。そのうえ、おまえのおかげで前ほど手がかからなくなった晶郁くんと過ごせるんだから、あいつにとってはいいことずくめだぞ?」

「寺沢専務は、いただいたんですか? その…お金」

寺沢だって毎週水曜は――固定にしたほうが予定を入れやすいということで水曜担当になった――、晶郁の世話に行っているのだから、何かしらあって然るべきだと思って聞いたら、

「もらったぞ。もう、ガチャに溶けたけどな」

とあっさり返ってきた。

もちろん、それが本当なのか、それとも俊に気を遣わせないようについた嘘なのかはわからないが、確かめるすべもない。

「そうなんですね。……なんか、遊んでるのにお金もらっちゃった感じがして、気兼ねしちゃうっていうか…。なんか、凄い金額もらっちゃったし、申し訳なさとかもあって、そ

れでモヤモヤしちゃって」

胸の中には、それだけではないモヤモヤがまだあったが、もうこれで片づけてしまった方がいいと、俊はそう返した。

「岸谷は真面目だからなぁ。まあ、この調子でこれからも頼む。晶郁くんに何かあって西條が身動き取れなくなったら、うちの経営に関わってくるから」

半分冗談、半分本気といった様子で寺沢が言うのに、俊は、わかりました、と返した。

うまく説明できないモヤモヤを抱えながらも、俊は持ち帰ったソードライダーのフィギュアの修理を始めた。
ある程度破片が揃っていると言っても、断面がガタつく場所も多い。
その場合はパテという工作用の硬化する粘土を使って修復するのだが、断面の隙間からパテの素材色が見えてしまう。だから、最終的にはほぼ全体を再塗装することになるだろう。

直すまでには随分かかりそうだが、晶郁が納得してくれる状態には戻せるだろう。

修理の途中経過の写真を、晶郁が安心できるように「入院中のソードライダーさんです」と、郁之にアプリで送ると少ししてから晶郁が「そーどらいだー、がんばって」とソードライダーにエールを送る動画が返ってきた。

それだけで、無条件に頑張ろうと思える。

そして、週が明け、俊はこれまで通りに火曜と木曜には晶郁を迎えに行った。

だが、今週は郁之の仕事が比較的余裕があったのか、珍しくどちらも、二人で迎えに行くことになった。

「それでね、せんせーが、すごぃねーって」

郁之の車でマンションまで帰る間、晶郁は園での出来事を明るい顔で教えてくれる。

今の生活――郁之か寺沢、そして俊の誰かが迎えに来て家に帰って過ごす――が定着し、その間、晶郁にとっての「嫌なこと」、例えば怒られるとか、叩かれるとか、そういうことがほとんどなかったこともあって、すっかり安心している様子だ。

寺沢は水曜しかお迎え当番がなかったが、それでも日を追うごとに打ち解けて、いつもは晶郁が一人でDVDを見ているのだが、昨日は寺沢に一緒に見ようと誘ったらしい。

郁之にしても、父親という役割がいったいどういうものなのかわからないと悩んでいたのだが、最近ではかなり慣れた様子だ。

「晶郁、ブロッコリーを食べ忘れてるぞ」

夕食の時に、晶郁が皿の端に避けていたブロッコリーを目ざとく見つけて、郁之が指摘する。

「…おなかいっぱい」

「じゃあ、ウサギのリンゴはパパがもらおう」

デザートに、と取ってあったサラダの添え物のウサギの耳付きリンゴを郁之が箸でつまみ上げて自分の皿に移動させてしまう。

「や！　うさぎさん、たべる」

「おなかいっぱいだろう？」

「たべる」

「じゃあ、ウサギさんの前にブロッコリーを食べよう」

郁之はそう言うと、自分のサラダに一枚だけ残していた半円状にカットされたハムでブロッコリーを巻いて、軽くマヨネーズを付けると、晶郁の口元へと運ぶ。

「はい、あーん」

その言葉に、ウサギリンゴを人質に取られた晶郁は大人しく口を開けた。そして、何度か咀嚼して飲み込む。

「ちゃんと食べられてえらいな。ほら、ウサギさんは返そう」

郁之は取り上げたウサギリンゴを晶郁の皿に戻す。

その様子はどこからどう見てもナチュラルな「お父さん」のもので、その一連の様子のすべてに俊は胸の中がぽわぽわするのを感じる。

「……どうかしたか？」

じっと見ていたので、さすがに視線に気づいたのか、郁之が聞いてきた。

「いえ、すっかり『パパ』をされてるなと思って」

そう思っていたのも確かなので返したのだが、

「君の真似をしてるだけだ」

郁之はそう言って苦笑した。

「俺の真似、ですか？」

「ああ。君がどんな風に晶郁と接しているのか見て、それをできる範囲で真似てる」

「そうなんですか？」

まさかの返事に、俊は返事に詰まった。

「君は、俺のいい手本になってくれてる」

郁之はそう言うと、残りの料理に箸を伸ばした。

「お手本にされるほどのことは何もないんですけど……これからも精進します」

俊はそう言って、同じように残りの料理を食べ始めた。

晶郁が眠ってから、いつものように保育園の連絡ノートを開いて郁之と話した。

「晶郁くんはお友達と一緒に遊ぶことも増えてるみたいですすし、少しずつ積極性が出てきたってことなので、生活が安定して気持ちも落ち着いたんだと思います」

一緒に遊ぶ友達に女の子が増えた——というか、女の子の方が積極的に晶郁を遊びに誘っているらしい。

——そりゃイケメンなパパの遺伝子がっつり引いてるもんなぁ……。

子供特有の丸くて柔らかな印象が強い分、そこまで似ていないようにも思えるが、寝顔を見る限り、顔のパーツは似ているので、恐らくこれから成長するにつれてどんどん似てくるだろうと思う。

そして、女の子は男の子よりも精神面の発達が早い。これぞと思う男の子がいたら、積極的に声をかけに行く子も多い。

かつて担当した五歳児などは、もう立派にマウントの取り合いをしていたくらいだ。

「登園を嫌がることもほとんどなくなったし、君のおかげだ」

「多少お手伝いはしましたけど、社長がちゃんと晶郁くんと向き合われたからですよ」

実際、忙しいだろうにきちんと晶郁と過ごす時間を作っている。俊は火曜と木曜が固定で、それ以外の曜日は応相談だが、これまで他の曜日を追加で頼まれたのは三回だけだ。

それまでの郁之の多忙さを考えれば、もっと頼まれると思っていたのだが、郁之はできる限りの調整をして時間を作っているらしい。

「俺が、晶郁と向き合うことを投げ出さずにいられたのは、君がいてくれたからだ。君の存在が、どれだけ俺にとって救いになったかわからない」

まっすぐに俊を見て郁之は言った。

「社長……」

郁之は、ただ感謝を述べているだけだと思う。というかそれ以外のことなどあるはずもないのに、整いすぎた顔でまっすぐに見られると、やはりどうにも落ち着かない気持ちになって、返す言葉を上手く探せなかった。

少し奇妙な間が空いて、先に口を開いたのは郁之だった。

「……晶郁は、大人の都合で随分振り回してしまった。可哀そうなことをしたと思ってる」

少し重い口調で言って、続ける。

「離婚してから、こっちに戻ってくるまでの晶郁の様子を調べてもらった」

「そうなんですか？」

なんとか普通に相槌を打てたことに、俊はひそかにほっとする。

「ああ。ベビーシッターが合わなかった理由が、元妻たちにあるんじゃないかと言っていただろう？　それが少し引っかかったし、今後のことを考えて一度調査をしておいた方がいいと思ったんだが……報告書を見る限り、元妻たちの子育ての評判はあまりよくない」

　苦い顔で郁之は言った。

「……あまりよくない、というのは…晶郁くんに対して強い口調で接していたとか、ですか？」

「今は、保育園での聞き込み中心での報告しかないが、送り迎えは義母…晶郁から見ると祖母になるな、彼女が主に担当していたらしい。元妻は時々行っていたようだが、あれが母親か？　というような服装で、男性と一緒だったことも多かったようだ。本人は、ブランド物の服やカバンで固めていたらしいが、晶郁の服は低価格帯の店の物や、もしかしたら古着か？　というような物ばかりで、実際、通園カバンは明らかに色褪せて名前を上からネームシールを貼りつけて変えただけの中古品だったようだ。それに、実家近くに借りたハイツで暮らしていたが、晶郁の泣いている声がよく聞こえたらしいし、実家に預けられていることもよくあったと」

　その言葉から推測できるのは、元妻はどうやら晶郁を実母にほぼ預けっぱなしの状態で、自分はいろいろと遊び歩いていたということだ。

　とはいえ、あくまでも推測だし、『元』がつくとはいえ、郁之の妻だった相手をあしざ

まに言うのもよくないと思えたので、

「子供はすぐサイズアウトしちゃうので、中古ですませたり、安いお店の服ですませたりってことは、おかしくはないんですけど……」

と一応、庇うわけではないが、一般的にはよくあることだと伝えてみる。

しかし、

「虐待していたかどうかまではわからなかったというか、断言できるだけの証拠はなかったが、君にアドバイスをもらえなかったら、生活費や養育費をそれなりの額送っていたし晶郁が不遇な境遇にあったかもしれないなんて、考えもしなかった……本当に助かった」

郁之の言葉で、断言はできないまでも、限りなく黒に近いグレーと思えるような証言はいろいろあるのがわかった。

「もし、元妻が再婚を予定している相手と破局したら、晶郁にちょっかいを出してくる可能性がある。そうならないように手を打つつもりだ。やっと落ち着いてきたあの子を、また振り回すようなことはしたくない。元妻絡みの人間はできる限りブロックしたいと思ってる」

続けられた言葉に、俊は頷いた。

「お母さんと会えないっていうのは、寂しいこともあるとは思うんですけど……大人の事情が理解できない子供のうちは、混乱させることの方が多いと思うので……」

どうして、母親は会いに来るのに、一緒には暮らさないんだろう。

どうして、たまにしか会えないんだろう。

同じ園の子供の家庭は両親が揃っていることが多い。そこと比べて、なぜうちは、という疑問に対する答えは子供にとって難しい。

前に俊が勤めていた園の保護者の中には「理解できる年齢になるまでは会わせない」と言っていた人もいた。

だが、俊の言葉に郁之は少し驚いたような顔をしていた。

「え、俺、変なこと言いましたか?」

「いや……、母親と会わせられる状況なら、会わせた方がいいと言われるかと思っていた」

「んー…、晶郁くんが、お母さんのことを恋しがるようなら多少はと思いますけど、少なくとも俺と会ってる間、晶郁くんはお母さんのことを連想させるようなこと、少しも言わないですから……」

晶郁の年齢で、母親のことを恋しがらないのは、ある種、問題だと思う。

他人の俊が踏み込んでいい問題ではないが、実際、元妻のことでは郁之も思うところがあるからそう決断をしたのだろうと思うし、晶郁のことを考えれば、会わせないという選択は悪くない。

「そうだな……晶郁は、母親のことについては何も言わないな」

今それに気づいたように郁之は言ってから、

「今、晶郁が一番気にしているのは、君のところにいるソードライダーのフィギュアのことだ。少しずつ、直っていく様子を見るのを楽しみにしてる」

そう続けた。

「割と衝撃的なところもあったんじゃないかと思うんですけど……それならよかったです」

新しく作ったパーツを付けたり、欠けた部分を補ったりするのに盛ったパテを、他の部分となじませるために削ったりしていると、どうしても、もともとの彩色も削られてマダラになってしまう。

引き取ってきた時よりもひどい状態に思えるんじゃないかと心配していたのだが、そういうことはなさそうだった。

「手先が器用なんだな」

少し感心した様子で言われて、俊は苦笑いする。

「母子家庭だったし経済的な余裕もなくて、子供の頃はグッズとかほとんど買ってもらえなかったんですよ。友達が持ってるのを見て、うらやましいなぁって思ったのが凄くあって……それで働くようになってから、古いグッズを買い集め始めたんです。塗装が剝(は)げてるとか、パーツが欠けてるとか、そういうのはジャンク扱いになったりして安く手に入るんで、修理して、自己満足で部屋に飾ったりしてます。時々、人から修理を頼まれることもありますけど」

「子供の頃に好きだったものを、いろいろ集めてるのか？」

「いえ、ソードライダーのシリーズだけです、父親が生きてた頃、よく、ライダーごっこで遊んでもらって……最後に連れて行ってもらったのも、ソードライダーのショーで…」

そこまで言った時、一気に感情がこみ上げてきて、鼻の奥がツンとした。

泣きそうになって慌てたが、涙を堪えるのに失敗して、ぽろりと涙があふれて落ちた。

急いで俯いた俊の頭を、郁之が優しくポンポンと撫でるようにして触れる。

まるで子供にするようなそれに、兄弟げんかで泣いた後、父親にそうされたのを思い出して俊の涙腺が完全決壊した。

嗚咽だけはなんとか堪えられたが、小刻みに体が震えるのを止めることはできなかった。

それから少しして、感情の大きな波をやりすごした俊は、

「すみません……」

そう謝ってから、テーブルの上のティッシュを一枚引き抜いて、涙を拭(ぬぐ)う。

「俺、ちょっとファザコンの気があるっぽくて」

笑って言ってみたが、郁之は、

「無理に笑わなくていい。……もう、ぬるくなっただろう。入れ直してこよう」

そう言うと、俊の麦茶の入ったグラスを手に取って立ち上がり、キッチンへと向かった。

麦茶が、今くらいの短時間でぬるくなるわけもなく、俊に一人になる時間をくれたのだということはすぐにわかった。

少ししてから郁之が麦茶を入れて戻ってきた時には、俊も一応落ち着いていた。

「ありがとうございます」

手渡された麦茶を礼を言って受け取り、一口飲む。

「おいし……」

落ち着いたとはいえ、高ぶった感情が鎮まりきっていなかったのか、冷えた麦茶はことのほか冷たく、そしておいしく思えた。

その俊の言葉に、

「愛情をこめて入れてきたからな」

そんな冗談を郁之は返してくる。

――冗談とかも、言うんだ……。

もちろん、郁之も人間だからそういうところもあるとは思うのだが、あくまでも俊から見た郁之は「社長」という部分が大きかったので、意外に思えた。

だが、その冗談をスルーしてしまえば気まずい空気になりそうで、

「萌え萌えキュン、みたいな感じで入れてくれたんですか？」

俊は手にしたグラスを置いてから、メイド喫茶などでよくメイドがやってくれるポーズを再現して見せる。

「それを三十越えの男が本気でやってたらホラーだろうな」

苦笑いする郁之に、

「いや、二十五の俺でも、本気だったら軽くホラーです。……晶郁くん辺りがやってくれたら、可愛いんですけどね」

俊はそんな軽口を返しながら、優しい人だなと改めて思った。

7

翌週の水曜、俊は会社で郁之に声をかけられた。

「来週の土曜なんだが、時間は取れるか？」

「今のところ、予定は入ってませんが、なんでしょうか？」

多分、晶郁絡みのことだろう。

取引先との接待だとかで出かけなければならないから、晶郁の世話を頼みたいというようなことじゃないかなと思っていたのだが、違っていた。

「遊園地の屋内劇場であるソードライダーのショーのチケットが当たったんだが、行かないか？」

「来週の土曜って、明豊遊園地の、ですか？」

俊が確認すると、郁之は頷いた。

「うわ……！　社長、あれ当たったんですね。俺も申し込んでたんですけど、ハズれちゃってて……」

この時点で行きたいと言っているようなものなのだが、

「でも、社長と晶郁くんで行かれた方が……」

いくらソードライダーが好きとはいえ、郁之が当てたチケットだ。俊ではなく、郁之が連れていき、親子の時間を持つ方がいいはずだ。

そう思って遠慮したのだが、

「二名で申し込んである。未就学児は大人の膝の上に載せるならチケットなしで入場可能だ」

と、返ってきた。

「午前の回だから、園内遊園地で食事をした後、プールもあるらしいからプールで遊んで帰ろうかと思ってるんだが……」

「晶郁くん、きっと喜ぶと思います」

パパとプール、などというのはきっと初めての経験だろう。

よほどのプール嫌いじゃなければ喜ぶと思うし、風呂も最近は全然嫌がらないので多分プールを嫌がることもないと思う。

「それで、君は?」

改めて意思確認をされ、俊は、

「親子水入らずのところに割り込んで申し訳ないとは思うんですが…よろしくお願いします」

行きたい欲望には抗えず、俊は行くことを伝える。

「こっちこそ、よろしく頼む。……まだ、俺一人で晶郁を連れて遊びに出かけるのは、対応しきれないことが多すぎる」

そう言う郁之に、

「そこはばっちりフォローします！」

俊は笑顔で返した。


翌週の土曜、予定通り三人でヒーローショーが開催される遊園地にやってきた。

開場一時間前と、かなり早い時刻に到着したのは、物販があるからだ。

今回のショーに合わせて新作グッズが先行販売され、さらにはショー限定のグッズもあるという情報を俊は仕入れていた。

今回のショーの物販は、ショーチケットを持っていない人も買うことができる。抽選にハズれてがっかりしていたが、買い物にだけ行くつもりだったので、郁之に誘われてショーまで見られることになって、本当に嬉しかった。

だが、ハズれた者も買い物ができるということは、早めに行かなければ混雑に巻き込まれて開演時間に間に合わない可能性もあることを過去の経験から知っていた。

もちろん、チケットを持っている人は優先的にレジに並ばせてくれることもあるのだが、それは開演時間が迫ってからのことなので、早めに行くに越したことはない。

物販の七割くらいは子供が欲しがりそうなもので、残りの三割が大人ファン向けの値段も張る商品である。事前にどんな商品があるのか、携帯電話で晶郁にも見せた時にはそこまで興味がなさそうだったが、実物を見るとはやはり目が輝いた。

「ぱぱ、あれもほしい。あと、こっちも……」

可愛くおねだりし、郁之も気前よくカゴに入れている。

そして俊も自分の欲しいものをあれこれ物色し、自分のカゴに入れた。

それぞれ商品を選んで、同じレジに向かい、先に晶郁たちが支払いを終える。その後で俊の番だったが、俊のレジが終わるまで横で待っていた郁之が、支払う段になって、

「カード、一括で」

そう言って自分のクレジットカードを見せた。

「え?」

財布を準備して支払う気満々でいた俊が戸惑った声を出すのに、レジのスタッフが、

「えーっと、どういたしましょうか?」

俊と郁之の間に意思疎通ができていないのを感じ取って、聞いてくる。

ここで「ここは俺が」「いやいや俺が」的な争いをするのは、レジを待っている他の客

の迷惑になるので、とりあえず、郁之に一旦払ってもらうことにした。

「あ、じゃあ、お願いします」

俊が引き下がると、郁之はさっとカードで会計をすませた。

そのまま物販のコーナーを出てから、

「あの、お金、お返しするので金額を教えてください」

郁之に言ったが郁之は首を横に振った。

「返してもらうつもりだったら、あそこでカードを出したりしない」

もちろんそうだとは思うが、自分で支払うつもりだったからこそ、容赦なくいろいろと商品を買っていたのだ。

「そういうわけにはいかないです。いっぱい買っちゃってるし」

「君にはいつも世話になってるから、気にするな」

絶対に受け取ってくれそうにない笑みを浮かべて言う。

俊は少し迷ってから、

「……じゃあ、お言葉に甘えて。ありがとうございます」

と礼を言った。

二人のやり取りを見ていた晶郁は、

「なにが、ありがとうなの？」

不思議そうに聞いた。

「あっくんのパパが、俺のソードライダーも買ってくれたんだよ」

俊がそう説明すると、晶郁は納得したように頷いてから、つないでいる郁之の手を軽く引っ張って、

「ぱぱ、ありがとう」

きちんと礼を言う。それに微笑んだ郁之に、俊も重ねて、

「パパ、ありがとう」

とおどけて言うと、郁之は、

「君に言われると、別の意味のパパに聞こえる」

そう言って苦笑いした。

「ああ…、これが噂のパパ活…っ」

そんな風に返して笑いながら、三人は開場された劇場へと入った。


ショーを楽しんだ後は、昼食をはさんで、次のお目当てであるプールへと向かった。

「あっくん、水着格好いいねー」

今日のために購入した水着に着替えさせた晶郁を、俊は褒める。膝の上まであるスイム

パンツだ。

「しゅんくんと、いろ、おなじ」

控えめに嬉しそうに笑いながら、晶郁は俊のサーフパンツを指さした。

俊の水着は一昨年、海に出かけるつもりで購入したものの、出番がなかったままのものなのだが、偶然、色が同じ青だった。

「本当だ、おそろいだね。パパはおそろいかな？」

そう言って、俊は着替えを終えた後、晶郁の浮輪に空気を入れている郁之を振り返った。

そして、ドキッとする。

当然、郁之も水着に着替えていたのだが、俊と同じくサーフパンツタイプだ。それには別にドキッとする要素はない。

ドキッとしたのは、びっくりするほど完成された綺麗な筋肉のついた体だったからだ。

郁之が晶郁を風呂に入れている時、俊が途中で上がる晶郁を引き受けには行くが、その時には晶郁は脱衣所に出てきているので、郁之の体を見ることはなかった。

——全然、緩んだとこないじゃん……え、ジムとか行ってんの？

晶郁の世話と仕事でそれどころではなさそうな気もするのだが、そうとしか思えない体だった。

「ぱぱ、おそろい、ちがう」

晶郁が無邪気に言うのに、俊ははっとして、

「おそろいじゃなかったねー、残念」

笑顔を作って言う。

「そうしていると、二人は年の離れた兄弟みたいだな」

郁之は膨らませ終えた浮輪の栓をしながら言う。

「親子じゃなく、兄弟ですか？」

俊が問い返すと、

「パパが二人だと、家族構成がややこしいだろう」

郁之は笑って言いながら、浮輪を片手で持つと、もう片方の手で晶郁の手を握った。

「岸谷くんは荷物を頼めるか」

「はい、わかりました」

タオルと薄手のパーカーの入ったビーチバッグを持ち、三人でプールへと向かう。

シーズンが始まって間もない土曜のプールは家族連れも多かったが、普通にカップルや若い年齢層も多かった。

とはいえ、最近ではナイトプールに流れる層も多いからか、そこまでの混雑具合ではなかった。

プールが初めての晶郁を慣れさせるため、まずは子供向けプールに向かい、浅いところ

で水をかけ合ってじゃれ合いながら楽しむ。

晶郁がプールに慣れたのを見計らって流れるプールへと移動し、浮輪をした晶郁と一緒に三人でぐるぐると三周ほどした頃、晶郁はウォータースライダーを指さした。

「すべりだい……」

「やりたい？」

問うと、晶郁は頷いた。

ウォータースライダーは二本ある。一つはかなり高い場所から降りてくる、距離も長くぐるぐると回るもので、もう一本はそれと比べれば比較的低い場所からの、直線のものだ。

こういったスライダーは年齢というよりも身長で制限されていることが多い。

高い方は、大人ばかりがいる印象で――たいてい、こういう場所では身長が百二十センチが基準のことが多い――低い方でも、晶郁くらいの身長の子供は保護者と一緒に滑っていた。

「パパと一緒なら、あっちの小さい方のなら滑れると思うよ」

俊が言うと晶郁は郁之を見たが、郁之は渋い顔をした。

「ぱぱ、だめ？」

晶郁が問うのに、郁之は、

「……晶郁が滑るのはダメじゃないが、俺はダメだ」

微妙な答え方をした。

「社長もしかして、高いところダメな人ですか？」

俊が問うと、黙って郁之は頷いた。

「え、嘘。高層階に住んでるのに？」

もっともな疑問を口にした俊に、郁之は、

「建物の中なら大丈夫なんだ……、だが屋上やベランダは無理だ」

苦い顔で言う。

「じゃあ、ジェットコースターとかは」

「狂気の沙汰だな」

即答だった。

郁之が高所恐怖症というのはかなり意外だったが、苦手なものは仕方がない。晶郁に「パパは高いところが苦手なんだって。だから、俺と一緒に滑りに行くのでもいい？」と聞いたところ、承諾してくれたので、俊は晶郁を連れてウォータースライダーへと向かった。

ウォータースライダーの列はそこそこ並んでいたが、テンポよく進んだ。少しずつ階段を上っていくと当然視界も開けて、プールが見渡せた。

滑り終わった後の合流を考えて、郁之がどこにいるか探すと、郁之は流れるプールとウォータースライダーの終点となるプールの間で待っているのが見えた。

だが、その郁之に声をかけている二人組の女性の姿も同時に確認できた。

詳しい表情まではわからないが、女性たちは何やら積極的に話しかけている様子だ。

――そりゃイケメンだし、モテるよな……。

背も高いしイケメンだし、びっくりするほどいい体をしているし。

そんな郁之が一人でいたら、声をかけられても当然である。

しかし、なぜか盛大にモヤモヤしてきた。

「あっくん、あそこにパパがいるよ」

俊は滑り台を滑っていく人たちに熱心に見入っていた晶郁にそう声をかけた。晶郁はすぐに「どこ?」と食いついてきて、俊は指をさし、教える。

「あ、ぱぱだ」

「パパにお手々振ろうか」

俊が言うと、晶郁は、

「ぱぱー!」

手を振りながら郁之を呼んだ。

それが聞こえたのかどうかわからないが、もう一度、晶郁が「ぱぱー!」と呼んだ時、郁之がこちらを見て、手を振っている晶郁に気づいたらしく、手を振り返してきた。

それに女性たちもちらりとこちらを見て、手を振っている晶郁に気づいた様子だ。

どうやらガチの子連れだとわかったらしく、少しすると女性たちは郁之から離れていった。

それに安堵しているうちに、列はどんどん進み、俊と晶郁はそれから間もなく一緒にウォータースライダーを滑って降りてきた。

着地用プールから出てくると、郁之が歩み寄ってきていた。

「晶郁、どうだった？」

「びゅーんって、はやかった！」

「怖くはなかったか？」

「おもしろかった！」

晶郁が笑顔で返すのに、

「高所恐怖症は遺伝しなかったみたいですね」

俊が笑いながら言うと、

「そのようだな。この先、付き添いで乗らなければならないものがあった時のことを考えると憂鬱だ」

そう言って郁之は苦笑する。

確かに親子で遊園地などに行った場合、保護者も一緒にと言われるアトラクションもある。

「克服のチャンスですよ、きっと」

そんなことを言いながら、まだ入っていないプールに晶郁が行きたがったので、そちらへと向かった。

「そう言えば、ナンパされてましたね、さっき」

プールサイドを歩きながら、俊は言った。

「ナンパ…だったんだろうな、やはり」

「上から見てましたけど、立派なナンパでしたよ。子連れだってわかったら退散したみたいですけど……。保育園じゃ、晶郁くんを巡って女の子たちが仁義なき戦いをやってるって連絡ノートに書いてありましたし、親子揃ってモテモテなんですから」

笑いながら、俊が言うと、

「最近は女の子の方が積極的だな」

郁之もそう言って笑った。


「ぱぱ、のどかわいた」

晶郁がそう言ったのは、一通りプールを巡り終えてプールサイドに上がってきた時のことだった。

プールでは気づかないうちに汗をかいている。そのため、持ってきていた水筒の麦茶を飲ませていたが、それもさっき飲み終えてしまっていたため、郁之が晶郁を連れて売店に向かうことになった。

その間、俊は荷物番でプールサイドで待つことになった。

だが、二人が離れてすぐ、俊に三人連れの女性グループが声をかけてきた。

「ちょっといいですか?」

「はい?」

まさか、ナンパだろうか? と思っていると、

「さっき一緒にいた、背の高い男の人なんだけど、お友達ですか?」

ナンパはナンパだったが、やはり郁之目当てのようだ。

まあ、それは、別に構わない。だが、関係性をどう答えるかに悩む。

勤めている会社の社長です、などとリアル回答をしてしまえば「社長とプール?」みたいな感じで余計に会話が続いてしまいそうだ。

郁之たちが戻ってくるまでに、諦めて退散してもらう方向に持って行った方が無難だろうと考えた俊は、

「親戚です。えーっと、従兄」

一番あり得そうな嘘をついた。

「そうなんだ、ね、従兄さんって……」

女性が話を続けようとした時、

「しゅんくーん」

晶郁の声がして、見てみると郁之に抱っこされた晶郁が手を振っていた。

ジュースを買いに行ったはずなのに手ぶらだ。

「あっくん、ジュースは？」

好きなものがなかったのだろうか、とも思ったが、そもそも売店まで行ったと思えない時間だ。

そんな疑問を抱いていると、

「時計を見たら、思った以上に時間が過ぎていた。そろそろ出て、外でお茶にしよう」

郁之がそう説明し、俊がプール内の時計を見ると、三時前になっていた。

確かに着替えてお茶を飲んでいたら、帰り着くのにはいい時間だろう。

「あー、それもそうですね。じゃあ、そうしましょう」

俊はそう返事をすると、ポカンとしている——というか郁之が突然戻ってきて驚いているようにも見えたし、さっきまでは晶郁が見えてはいなかったのか、抱っこされている晶郁と郁之の関係性を悟ってぽかんとしているのか——女性たちに、失礼にならない程度に俊は会釈をして、郁之たちとともにプールを後にした。

予定通りに遊園地から少し離れた喫茶店でお茶を飲み、マンションに戻ってきたのだが、ライダーショーとプールで疲れたのか、車の中で晶郁は眠ってしまっていた。

そのまま郁之が子供部屋に運んでいき、俊は郁之と晶郁の水着を洗濯機に突っ込んで脱水までのコースでセットをしておく。

塩素は早めに取り除いた方がいいからだ。

「社長、水着、脱水までのコースでセットしたので止まったら、干してもらえますか?」

寝かしつけを終えてリビングのソファーにいた郁之に声をかけると、

「もう、帰るのか?」

「えーっと、晶郁くん寝ちゃいましたし?」

「晶郁が起きたら一緒に夕食を食べに行こうと思っていたんだが、時間はあるか?」

そう聞いてきた。

「時間はあります」

「じゃあ、一緒に食べに行こう」

そんな流れで、晶郁が起きてくるまでの時間――起きてこなければ適当な時間で起こすことになるが――二人で話すことになった。

「晶郁が、最近、よく笑うようになって安心してる。来たばかりの頃は、突然爆発したみたいに泣く時以外はいるのかいないのかわからないくらい、静かな子だったからな」

郁之がぽつりと言うのに、俊は頷いた。

「引っ越し、転園…いろいろありましたから」

わけのわからぬまま、顔も覚えていない「パパ」のところに置いていかれたのだ。保育園も変わって周りに知っている人が誰もいなくて、誰に何を伝えればいいのかもわからなかったのだろう。

「親の勝手で晶郁を振り回して、可哀そうなことをしたと思う」

ぽつりと郁之が言った。

「それはしょうがない、です。離婚は珍しくないですし……」

「俺が、見て見ぬふりを通せばよかったのかもしれない」

呟いた郁之の言葉に、俊は引っかかった。

「見て見ぬふりって、何を、ですか？」

問い返した言葉で、郁之は失言に気づいたのか口元に手を当てた。

「えーっと、聞いちゃダメなことだったら、聞かなかったことにします」

家庭の事情に首を突っ込んでいいとは思えないので、俊はあっさり引き下がろうとしたが、

「いや……愉快な話じゃないから、君が聞いて不愉快になるかもしれないと思っただけだ。自己弁護のようにも聞こえるかもしれないしな」

「離婚の事情的な話ですか?」

「ああ。……妻が、不倫していた」

端的に郁之は答えた。

「不倫」

「彼女とは、晶郁ができたのがきっかけで結婚した。俺の両親は今、海外で暮らしていて、彼女の出産、育児についてのサポートは彼女の母親が全面的にしていた。俺は起業して間もなかったから、家にいられる時間も極端に少なくて、その分、不自由しないように金だけは渡して――それも悪かったんだろうと思う。もともと、彼女は行動的で、家で晶郁の世話だけをする生活が耐えられなかったと言っていた。晶郁を母親に預けたり、無認可の臨時預かりに預けたりして遊び歩くようになって……。彼女の不倫を見つけたのは寺沢だった」

寺沢はもともと、元妻に対して不信感を抱いていたらしい。

理由は、結婚前、郁之と付き合い始めの頃に同時進行で交際していた男がいたことを知っていたからだ。そのため、今回の不倫を知った時に、郁之に「損切は早めにやった方がいい」と助言してきたらしい。

そもそも、子供ができた責任を取っての結婚という側面もあったし、仕事が忙しいという理由はあれども、郁之も家庭を持ったという自覚は薄かった。

自分が稼いでこなければ、経済的に立ち行かなくなるのは目に見えていたから、会社を軌道に乗せるまで、必死だったという部分もある。

その中で、彼女が不倫をしていた、という事実に、郁之は完全に冷めた。

すぐに興信所を使って不倫の証拠を掴み、弁護士を立てて離婚をした。

元妻はごねたらしいが、彼女の有責であることと、養育費を相場より多く支払うことで離婚に至ったらしい。

話を聞いても、特に俊は驚きはしなかった。

晶郁の様子や、再婚を考えているからと晶郁を郁之のもとに戻してきたという話から、なんとなく察していた部分もあったからだ。

「……子供が生まれたからって言って、母性が育つ人ばかりじゃないですし、日本の社会の仕組みが母性神話に甘えすぎてるってとこもあります。でも、そういうのを差し引いたとしても、不倫は人としてどうかと思うし、子供に悪影響を与える人なら、いない方がマシだと思ってます」

それは、短かったとはいえ保育士として子供と接してきて感じていたことだ。

バッサリと元妻のことを切って捨てた俊を、郁之は少し驚いたような顔で見た。

「もちろん、これから晶郁くんが成長するにあたって、母親的な存在が必要になってくる時もあるとは思います。でも、社長ならモテるから、その気になれば再婚も余裕だと思うし、今日だってナンパされてましたし、大丈夫ですよ！」

雰囲気を変えるつもりもあって、軽い口調で付け足したのだが、郁之は複雑そうな表情を見せた。それに俊は首をかしげる。

「単純にモテるって褒めたつもりだったんですけど、まずいこと言いましたか？」

問い返したそれに、郁之は小さく息を吐いた。

「いや……、まだしばらく女性はいいと思っただけだ」

そう言ってから、

「今日は、楽しかったか？」

と、聞いてきた。それに俊は即座に笑顔で頷いた。

「はい！　もちろんです。プールも凄い久しぶりだったし、ショーも楽しかったし、ショーの限定グッズも無事にゲットできたし……」

そこまで言ってから、俊は郁之が支払いをしてくれたことを思い出した。

「なんか、なし崩しに社長に買ってもらっちゃって……凄い嬉しいんですけど、本当にいいんですか？　昨日、大体どのくらいになるか計算してて…でもそれより一つ二つ多く買ってるから多分、二万円超えてると思うんですけど……」

郁之はカード決済をした時に値段を確認した様子がなかった。郁之からすればたいした額ではないのかもしれないのだが、俊にしてみれば大金である。

しかし郁之は、

「『パパ活』なら安い方じゃないのか？」

売り場で俊が言った言葉を持ち出し、にやりと笑いながら返してきた。

「いや、パパ活の相場がどのくらいかわからないんで、なんとも言えないですけど、ただのデートとして、諸経費別で二万は高くないですか？」

そう言った俊に、

「なら、体で返してもらおうか」

郁之はそう言うと、自然に顔を近づけてきた。

それがあまりに自然で、ついでに、至近距離で見ても綺麗な顔だなとか、そんなどうでもいいことに気を取られた俊だが、唇が触れそうになる寸前で我に返り、

「え、待って、え……!?」

とっさに郁之の口に手を押し当ててブロックした。それに郁之はくすくすと笑いながら、体を離す。

「惜しかったな。流れでイケるかと思ったんだが」

その様子で冗談だったのかと安堵しつつ、

「流してどうするつもりなんですか……」

多少の呆(あき)れ感を出して問う。しかし返ってきたのは、

「行きつくところまで行くつもりだったが？」

という言葉だった。

——えっとこれ、ノリツッコミ的な感じでいけばいいのか？

しかし、キャパオーバーを起こしてショート寸前になりつつある倹は、うまい返しも思い浮かばず、かと言って黙っていると、気まずいことにしかならなさそうで、

「それだと、パパ活的に俺が割に合わないんで」

冗談めかして言ってみる。だが、

「じゃあ、割に合えばいいのか？」

返ってきたのは、真顔でのそんな問いだった。

「えーっと？　え？」

——なんだ、この流れ……。

笑いで押し流せる雰囲気じゃないことだけは、わかった。

しかしどうしていいのかわからない。

戸惑っている俊に、

「俺の立場で君を好きになったと言ったら、セクハラの上にパワハラになると思うが、惹かれているのは事実だ」

まっすぐな目をして、郁之はそう言った。

「……あの、それは…」

いわゆる恋愛的な意味での好意を向けられているのは理解できたが、まさかすぎて俊はどう反応していいかわからなかった。

そんな俊に、

「最初は、真面目な社員という印象しかなかった。君は事務職だから、業務内容で関わることも少ないから、どういう人物かもほとんど知らなかったからな。ただ、晶郁の件で距離が近くなって……晶郁のことをちゃんと考えて向き合ってくれる様子に、好意を持った。それは、最初の頃は『いいやつだ』というくらいのものだったんだが……そのうち、家に帰ってきた時に晶郁と出迎えてくれるのを嬉しいと思うようになった」

郁之が静かな声で告げる。

しかし、俊を見る目が途方もなく優しくて、俊は俯いて目をそらしながら、

「それは、晶郁くんが出迎えてくれて嬉しいってところに、俺がパセリみたいについてるから混同してる、とかでは？」

可能性としてありそうなことを挙げてみたが、

「寺沢が出迎えても嬉しくはないから、違うだろうな」

笑いながら郁之は言い、

「少なくとも、今日、君がプールで女性に囲まれているのを見た時に、嫉妬と焦り(あせ)を覚える程度には、君が好きだ」

改めて好意を告げてきた。

「女性に囲まれてって……、それは、社長の方ですよね？」

思わぬ言葉に俊は顔を上げ、郁之を見た。

プールでナンパされていたのは郁之の方だ。

「君も囲まれていただろう、帰り際に。君は何が飲みたいのか聞くのを忘れて、聞きに戻ろうと振り返ったら女性に声をかけられていたから、晶郁を説得して帰ろうと言ったんだ」

その言葉で、俊は女性たちから郁之のことを聞かれたことを思い出した。

「あれは、俺目当てじゃなくて社長目当てでしたよ。どんな関係かって聞かれたんです」

「そうだったのか？」

「そうですよ」

笑って返しながら、芋づる式にウォータースライダーの順番待ちをしていた時に、女性に声をかけられていた郁之を見て、もやもやした気持ちになったのを思い出した。

――え、まさか俺……？

晶郁に手を振らせて子持ちであることを女性らに認識させ、若干心のどこかでざまあみろ、と思ったことは否めない。

――いやいやいやいや、そんなはず……。

否定しようとしたが、そんなはずなくもない、という感情は明らかで、俊は混乱して押し黙った。

「どうした？」

俊の様子がおかしいのに気づいた郁之が、顔を覗き込むようにして問う。

その顔を直視した瞬間、俊は一気に自覚とまではいかないが、自分が抱いている感情が恥ずかしくなって、真っ赤になった。

「な、んでも…ない、です」

言う言葉さえたどたどしくて、なんでもなくないのは明らかだ。

「顔が赤いぞ」

そう言って頬に触れられ、その瞬間、

「ひゃ……っ」

思わず変な声が漏れた。

そんな俊の様子を郁之は愛し気な目で見つめながら、聞いた。

「男に好意を示されて、嫌な気持ちにはならないか？」

「……人による、と…思います」

「俺は？」

「びっくりはしてます、けど……嫌じゃなくて、本当に、なんかちょっとびっくりして」

言葉がうまく出てこない様子の俊に、郁之は笑った。

俊は、何度か深呼吸をしてから、

そう切り出した。

「嫌じゃないんですけど、なんていうか、俺、ファザコンを拗らせてるかもしれなくて」

「父親を早くに亡くしたから、父親って存在をちょっと特別視っていうか、夢見がちな理想の父親像みたいなのがあって、それに、パパの顔をしてる時の社長を重ねちゃってることがあるかもしれなくて」

「俺を『父親』として見てる？」

「そこまでじゃない、けど……嫌じゃないっていう根底にあるのが、好きとか嫌いとかじゃなくて、父親としての社長に惹かれてるってこともあるかもしれない感じで、だから、なんか本当にいろいろあやふやで……すみません」

　自分なりに分析しようと試みたが、空中分解を起こして、俊は謝った。

「急に妙なことを言いだしたのは俺だ。謝らなくていい」

　郁之は柔らかく笑いながら、俊の頭を撫でた。

　そんなことにもうっかりときめいてしまったのを見抜いたのか、

「頭を撫でられるのにも弱いのか？」

　さっきとは違う、少しからかいの混じった笑みで聞いてきた。

「この年齢で、頭を撫でられるとか滅多にないから……ちょっと変な感じがするだけです」

　言い訳じみたことを返す俊に、

「セクハラとパワハラに気をつけながら、君の気持ちがあやふやなうちに恋愛対象として刷り込むか……」

　そんな計画を口にする。

「……会社では、やめてください」

　絶対に、おかしいと思われるし、俊はそこまでポーカーフェイスが得意ではないので、絶対に挙動不審になる。だが、俊の言葉に、

「会社でなければいいという言質は取った」

笑顔で返してくる郁之に、俊は絶句した。

――ヤバいって、このままだったらなし崩しになんかヤバい気がする……。

そう思った俊は、

「やっぱ、夕ご飯、俺、家に帰って……」

食べる、と言いかけたのだが、どこかの部屋の扉が開いた音で言葉を切った。

音のした方を見ると、寝起きで少しぼやんとした顔の晶郁がリビングに出てきて、俊と郁之の姿を見つけると、ぱぁっと笑顔になり、二人のいるソファーまで、てててっと走ってきた。

「起きたのか」

走り寄ってきた晶郁の頭を郁之は撫で、

「もう少ししたら、俊くんと一緒に夕食を食べに行こう」

俊の退路をあっさり断った。

「ごはん、いっしょ！」

喜んで言う晶郁を見てしまうと「やっぱり無理」とは言えず、結局それから少しして、マンション近くのファミレスへと出かけた。

店でも、俊と晶郁が隣同士に座り、郁之が向かい側に腰を下ろしたのだが、妙に視線が気になって、俊は落ち着かなかった。

しかし晶郁は上機嫌で、お子様ランチを食べている。

土曜の夜ということもあり、店内の席はあらかた埋まっていた。

通路をはさんで隣の席にも、晶郁と似たような年齢の子供を連れた女性二人がいた。ママ友か何かだろう。

その子供二人も仲良さそうにしていて、

「こんどのおとまりかい、もんすーんのぱじゃま、もっていくね！」

「じゃあ、はあちゃんも、もんすーんのぱじゃまにする！　おそろい」

「うん、おそろい」

料理が届くまでの時間を使って、近々開催されるらしいお泊まり会の計画をいろいろと立てていた。

それを聞いていた晶郁は、

「ぉとまりかい、なに？」

不思議そうに聞いた。

「仲のいいお友達をおうちに呼んで、一緒に遊んで寝ることだ」

郁之の説明に、晶郁は俊を見て聞いた。

「しゅんくんは、ぉとまりかい、しない？」

その言葉の意味を、俊は捉えかねた。

俊がお泊まり会をしたことがあるのかどうかを聞いているのか、それともお泊まり会をしないかと誘っているのか、どちらか判別できず戸惑っていると、

「あっくん、しゅんくんと、おとまり、したい……」

拒絶されるのを怖がるような控えめな様子で付け足した。

それで、意味はわかったのだが、わかったらわかったで、どう答えるか悩んだ。しかし、

「今日は無理だな」

助け舟を出してくれたのは、郁之だった。

しかし、無理、と聞いて晶郁はあからさまにショボンとして、それに俊が心を痛めていると、

「いつならお泊まりできる？」

郁之が振ってきた。

「は？」

心の底からの「は？」だったが、郁之がたくらみ顔で笑っているのに気づき、

――謀（はか）られた！

と叫びそうになったが、晶郁が期待いっぱいの目で見ているので、

「……ちょっと待ってください、スケジュールを確認します」

俊は携帯電話を取り出し、スケジュールを確認した。

とはいえ、俊の予定は郁之のところに来るか、ソードライダー関係のことで出かけるか、オンラインイベントがあるかしかない。

「ら…来週なら……」

その次の週はオフ会予定になっていたが、来週は空いていた。

「らいしゅー？」

「では、次の土曜日と日曜日はお泊まり会ということで頼む」

郁之が言うと、晶郁は笑顔で「らいしゅー、らいしゅー」と無邪気に繰り返し、俊は多少恨みがましい目で郁之を見た。


食事を終え帰宅し、一本だけソードライダーのＤＶＤを見てから、郁之は晶郁を連れて風呂に向かった。こうなるともう寝かしつけまで手伝うコースだ。

寝かしつけてリビングに向かうと、パジャマに着替えた郁之が待っていた。

「昼寝をしたから、なかなか眠らないかと思ったが、もう寝たのか」

少し驚いた様子で言ってくる。

「今日はたくさん遊びましたから、あの短時間の昼寝だと足りなかったみたいですね。いつも通り絵本二冊で撃沈コースでした」

俊が言うと、郁之は少し笑って準備していた麦茶を俊に勧めながら言った。

「来週までに君の布団を準備しておかないとな」

「別にいいですよ。ここのソファーで眠れますから」

お泊まり会が一度で終わるということはなくとも、せいぜい晶郁が満足するまで二度か三度くらいのことだろう。

そのために布団をわざわざ準備してもらうのは申し訳ない気がしてそう言ったのだが、

「それなら、俺のベッドがキングサイズだから一緒に眠るか？」

どう考えても純粋な提案ではないとわかる笑顔で返してきて、

「距離の詰め方、えげつない……」

思わず俊は本音がダダもれになった。

それに郁之は愉快そうに笑ってから、不意に真面目な顔をした。

「弁護士から元妻に、今後の晶郁への面会や接触などについてまとめた種類を金曜に送付してもらった。到着は週明けになるだろう。それを見て、元妻が晶郁に接触してこようとするかもしれないから、少し気をつけておいてくれるか？」

「……連れ去りとか、起きそうなんですか？」

起こり得る事態に少しピリっとした。

「いや、わからない。親権と養育権の移動、それから晶郁の年齢で親の離婚を理解できるとは思えないから、なぜ母親と一緒にいられないのか、それはなぜか、その辺りを理解できる年齢になるまでは、会わせるつもりはないというような内容で送った。それに素直に承諾してサインして戻してくれればいいが……」

「改めて言われると、考える内容かもしれませんね。母親は母親だし」

子供をすんなりと手放してしまえるとは思えない。

母親としていつでも会えると思っているから、郁之に預けているのだろう。

「恋人とうまくいっていれば晶郁のことなど、考えもしないだろうがな……」

郁之の、どこか蔑（さげす）んだような言葉で、元妻という人は恋愛体質なような気がした。

結婚しても、母親になっても、女であることを優先するタイプの女性はいる。

「気をつけておきます」

「できるだけ、一緒に迎えに行けるように時間を作るつもりだ」

それは、晶郁を心配してのことだとわかっているのに、「一緒に」という部分に過剰に反応しそうになる自分を、俊は抑え込む。

――だから、そういう意味じゃないから！

自分を胸の内で叱り飛ばし、

「すんなり進むことを祈ってますけど、十分、気をつけます」

俊はそう返した。

8

セクハラとパワハラにならない程度に、などと言っていた郁之だが、会社では一切そういうことを匂わせてはこなかった。

火曜日のお迎えは二人で行ったが、特に保育園から注意事項や懸念事項を伝えられることはなかった。

——週明けに書類が届く予定って言ってたけど、一日くらいずれる可能性もあるだろうし、だとしたら動きがあるのはこれから、かな……。

そんなことを考え、水曜は寺沢が迎えに行きそして木曜——。

「岸谷、ちょっといいか」

俊は出社してきた直後の寺沢に呼び出された。

「なんですか?」

「保育園に、昨日、晶郁くんが通ってるかどうか確認の電話があったらしい」

「え…、それって」

「西條から聞いてるだろう? 十中八九、元嫁かその関係者だ。園側は通っているかどうかについては答えず、誰なのか問いただしたら、切れたらしいんだが」

　心配したパターンになったようだ。

「西條は、今日、一日社外だし、俺も午後から社外だ。岸谷一人で迎えに行くことになるが大丈夫か？」

「いくら母親だと言っても、あの園は事前にお迎え登録していない人に子供を引き渡すことはしませんから、大丈夫だと思います」

　俊も、晶郁のお迎えをするにあたって、身分証を提示して園に登録していた。

　心配があるとすれば、晶郁を引き取ってから電車に乗るまでだろう。

「でも、園から戻る時は、今日はタクシーを使うことにします。その方が安全だと思うので」

「そうだな。あ、タクシー代、渡しておくか？」

　寺沢がそう言って財布を出そうとする。

「それくらいのお金は持ってきてます」

「そうか？　ああ、ちゃんと領収書をもらっておけよ」

「わかりました」

　不穏なものを感じつつ、話が終わったので俊は席に戻り仕事を始める。

　午前中は何事もなく終わり、午後になり、寺沢が社外に出て少ししてから保育園から俊の携帯電話に連絡が入った。

第二連絡先は会社から俊の携帯電話に変更していた。第一連絡先である郁之が出ないので、俊にかかってきたのだろう。

電話に出ると、相手は保育園の園長で、晶郁の母親を名乗る女性が迎えに来たらしい。お迎え登録がされていないので引き渡しはできないと断ったが、帰ろうとしないのだという。

「絶対に引き渡さないでください！　今すぐ、迎えに行きます」

俊はそう言うと会社を早退し、タクシーを拾って園へと急いだ。

タクシーの車内で郁之と寺沢にも「母親だという女性が園に現れたらしいです。今から迎えに行きます」と連絡を入れる、
その間にも園から電話が入り、引き渡しの詳細を説明された。

園に到着した俊はタクシーを待たせ、他の園児の迎えを装い、園長の指示通りに俊が預けられているのとは別の保育室へと向かった。

ちらりと晶郁の保育室の方を見ると、小柄で細身の可愛らしい女性が、晶郁のクラス担任の保育士に一目だけでも会いたいんです、と泣きついていた。

恐らく、郁之の元妻だろう。

それを横目に、俊は隣の保育室のドアを開けた。

「ああ、岸谷さん……お待ちしていました」

隣の保育室の保育士がすぐ近づいてきた。

「すみません、ご面倒をおかけして」

「いえいえ、事前に聞いていて対策をしていましたから……。どうぞ、中へ」

言われるまま俊は脱いだ靴を持って保育室の中に入る。

二つの保育室の間にはお手洗いがある。それはどちらの保育室からも入れるようになっていて、トイレを通って行き来ができるような造りになっているのだ。

母親を名乗る女性が来た時、保育士はすぐに晶郁をトイレを通って隣の保育室へと避難させてくれたらしい。

だが、保育室の隅で縮こまっていた晶郁は、泣いていたらしくまだ睫毛（まつげ）も濡れていたし、目も赤かった。

「あっくん、待たせてごめんね。迎えに来たよ」

「しゅ……っ……く……」

ひくっと嗚咽を漏らし、晶郁は俊にぎゅっと抱きつく。俊は晶郁を抱きしめてやりながら、保育士を見た。

「どのルートで出ればいいですか？」

「そちらの掃き出し窓から外に出てください。そのまま右手方向へ保育園の壁沿いに進んでいただいてぐるりと回る形で正門まで」

左手側が晶郁の保育室なので逆方向に進むことになるし、校舎の陰になるので見つかることはないだろう。

「わかりました」

俊はそう返事をしてから、晶郁が泣き止むのを待って——声で気づかれないようにするためだ——晶郁を抱いて、保育士の言ったルートで正門へと向かった。

もしかしたら正門で誰か待ち伏せでもしているかと思ったが、元妻は一人で来ているらしく、誰にも会うことなく正門に到着し、待ってくれていたタクシーに乗り込むことができた。

タクシーが動き出してから、俊はまず園に「無事、タクシーに乗り込みました」と電話を入れ、それから郁之と寺沢にもアプリから連絡を入れる。

音を消していたので気づかなかったが、時間がかかったせいか、二人からも状況説明を求めるメッセージが入っていた。

『無事に晶郁くんを連れて保育園を出ました。タクシーでマンションに行きます』

そうメッセージを入れて、ややするとすぐに二人の既読がついた。

仕事中なので返信はできないようだが、とりあえず安心はしているだろう。

マンションのメインエントランスには、直接タクシーが乗り入れることはできない造りになっているが、裏手の駐車場に向かう途中にメインエントランスから濡れずに通ってこれる車寄せがあり、そこでタクシーを降りた。

そしてメインエントランスへと向かったのだが、少し近づいたところで晶郁が足を止めた。

「あっくん？」

どうしたのかと晶郁を見ると、晶郁はこわばった表情で先を見ていて、

「ばーば……」

消え入りそうな声で、言った。

その声に改めてメインエントランスへと目をやると、外のインターフォンのところに五十代後半もしくは六十代にかかったところかといった風情の女性が、イライラした様子で携帯電話を触っていた。

それに俊はとっさに晶郁を抱き上げて、来た道を戻り、駐車場側のエントランスからマンションの中へと入った。

無事、部屋にたどり着いたが、すでに家政婦は帰っていて、家には俊と晶郁だけだった。

部屋に戻っても、晶郁は俊から離れようとはせず、俊は晶郁を抱っこしたままソファーに座り、郁之にマンションに着いたことを連絡した。

郁之からは少ししてから、そのまま家にいてくれ、できるだけ早く帰る、とメッセージ

が入った。

俊もそのつもりでいたので、わかりました、と返信しておいた。

郁之が帰ってきたのは、七時過ぎだった。

その時には晶郁は落ち着いていて、俊と一緒に郁之を出迎えた。

園でのことには触れない、と事前に取り決めていたので、郁之は一切そのことに触れず、いつものように三人で食事をして、テレビを見て、お風呂、という流れだった。

だが、落ち着いたように見えても気が高ぶっているのか、晶郁はなかなか寝付かなかった。

寝付いたと思っても、離れようとするとその気配で目を覚まして、俊に抱きついて泣いた。

「晶郁、俊くんも家に帰っておやすみする時間だから、もう今日はバイバイだ」

いつまでたっても子供部屋から出てこられない俊を気遣った郁之が、部屋に来て晶郁を引き取ろうとしたが、晶郁は俊に抱きついて離れようとしない。

それどころか無理に引き離そうとしたことで、号泣モードに入ってしまった。

俊はどうするかなーと悩んだが、このまま帰ったら多分晶郁は泣き疲れるまで寝ようとしないだろう。

「じゃあ、ちょっと早いけど、今日、お泊まり会しちゃおうか」

俊の言葉に、郁之が驚いたような顔をした。

「リビングに置いてある段ボール、あれ、俺の布団ですよね？」

リビングの端に、多分そうじゃないかと思われる箱が置いてあるのに俊は気づいていた。

「ああ、昨日届いた」

郁之がそう言うのに、俊は明るい声で、

「晶郁くん、今からリビングへ行って、俺のお布団、開けよう」

そう言うと、晶郁を抱いたまま立ち上がり、リビングへと向かった。

そして、開封作業を始めると、晶郁も手伝い始めた。

「はい、引っ張って引っ張ってー」

箱から出した布団を晶郁と二人で廊下を引きずって子供部屋へと運び込む。それに晶郁はまだ涙の残る目で、それでも楽しそうに声をあげた。

子供部屋に敷いた布団に二人で並んで横になり、改めて絵本を読み直す。

俊が帰らない、ということで安心したことと、今日は一日よく泣いて疲れて限界だったこともあって、一冊目の途中で晶郁は寝入った。

だが今日は何度も寝入ったと思ってもまた起きて、の繰り返しだったため、俊は寝入ってからもいつもの倍の時間、晶郁が起きてこないか確認してから、そっと布団を抜け出し、リビングに向かった。

リビングのソファーでは、郁之が険しい顔をして携帯電話を見ていたが、俊が出てきたのに気がつくと、携帯電話をテーブルの上に置いた。

「晶郁くん、やっと寝てくれました」

「そうか……」

郁之は安堵したように息を吐いて言った後、

「今日はいろいろすまない」

と謝ってきた。

「社長が謝らなくていいですよ。俺も、家に帰っても多分心配して落ち着かなかったと思うので」

俊はそう言ってから、

「今日のことなんですけど……」

と説明をしようとしたが、

「とりあえず、先に風呂をすませてきたらどうだ？　脱衣所に俺のだが新しい下着と、それからパジャマを置いてある」

そう促されて、俊は先に風呂に入らせてもらうことにした。

自宅アパートの風呂は足を曲げなければ湯船に浸かれないが、ここでは足を伸ばしてもまだ余裕がある。

ゆっくりくつろぎたい誘惑に駆られるが郁之をあまり待たせるわけにもいかないので、俊は手早く入浴を終え、パジャマに着替えてリビングに戻った。

郁之はさっきと同じように険しい表情で携帯電話を見ていたが、俊が戻ったのに気づくと視線を俊に向け——そして、少し笑った。

「やはり…随分大きかったな」

その言葉通り、渡された下着もパジャマも、俊にはかなり大きかった。

そもそも身長も十センチ以上違うし、体格そのものも違う。

パジャマのすそと裾は折り返さないと長すぎるし、下着にしても、ボクサータイプだというのに、トランクスか？　なくらいに緩い。

「予想ついてたでしょう？」

「ある程度は。まあ、一晩のことだ、我慢してくれ」

そう言いながらも、郁之は半笑いだ。

「座ってくれ。ああ、君も飲むか？」

郁之はそう言って飲んでいた缶ビールを指さす。

「いえ、今日はいいです」

そう言って、俊は定位置に腰を下ろす。

「急いで出てきたんだろう？　もっとゆっくりしてきてもよかったんだぞ」

「あんまりお待たせするのも、どうかと思って」

気遣ってくれる言葉に、俊はそう返してから、

「今日のことなんですけど、晶郁くんと前の奥さんが顔を合わせたかどうかはわからないんです。晶郁くんの担当保育士さんは奥さんの対応してて……」

俊は、園からの指示で隣の保育室の子供を迎えに来たふりをして、そちらに行ったこと。その教室へ移動させてもらっていた晶郁とそこで合流したことを伝えた。

「俺が到着してからは顔を合わせてません。でも俺と会った時には泣いていたから、俺が行く前に接触したか、声を聴いて母親を思い出したかのどっちかだと……」

俊の報告を郁之は厳しい表情のまま聞いていた。

「泣いてた様子から考えて、少なくとも母親を慕って泣いてたって感じじゃないですし、マンションのエントランスで祖母らしい人を見かけた時も、こわばった表情をしてたので……どっちかっていうと、怖いとか、そういう感じだと思います」

そこまで聞いて、郁之はため息をついた。

「送った書類の内容に納得していないようだ。……どうも再婚しようとしていたが雲行きがあやしいらしくてな。相手と別れてしまうと、働いているわけでもないし一人で暮らしていくのは無理だ。それで、晶郁をもう一度引き取って養育費を取ろうと思ってるんだろうと、今日の件を連絡した時に弁護士が話していた。……俺が子供の面倒を見られるタイ

プじゃないってことは、あいつも知っているから、引き取ると切り出せば、簡単に手放すと思っていたんだろう」

郁之のその言葉に、俊はあっさりキレた。

「社長には悪いけど、元奥さんってクソですね？　晶郁くんをなんだと思ってんですか？」

それまで郁之に見せたことのない、嫌悪感丸出しの表情に、郁之は驚いた顔をした。

「君がそこまで怒ることでもないだろう？」

「本気で言ってます？　怒るに決まってるじゃないですか！　晶郁くんは何も悪くないのに、大人の都合であっち行ったりこっち行ったりさせられて、しかも前の奥さん、完全に晶郁くんのこと、金づるとしか見てないですよね？　不倫ってだけでも俺、受け付けらんないけど、本当に人として最低」

ちらりと見ただけだが、明らかにお高そうな服を着て、ブランドものだろうバッグを持っていた。

それに対し、晶郁が持たされた服はノンブランドの、安っぽい生地のものばかりだった。

子供はすぐに汚すしサイズアウトするしと、これまでは精いっぱいの擁護をしてきたが、どう見ても晶郁の身の回りのものは最低限で安くすませ、残りの養育費は自分のために使っていたとしか思えない。

勢いに任せて元妻を罵倒した俊だが、

「そりゃ、俺だって、晶郁くんの世話をしてるってことで、社長からお金もらってるから偉そうには言えないですけど……」

無償で手伝ってるわけではないことを思い出し、ヘタる。

「いや、タダで晶郁を見てもらうのは、俺の居心地が悪い」

郁之はそう言ってから、

「思った以上に、君は晶郁のことを真剣に考えてくれてるんだな……」

しみじみとした様子で言った。

「社長がどの程度を想像してたのかわかんないですけど、少なくとも、晶郁くんにはできるだけ笑っててほしいと思うし……それだけです」

「君は、本当に優しいな」

郁之はそう言うと、俊の肩に腕を回し、そのまま抱き寄せた。

「セクハラだが、今だけ、少し許してくれ」

そう言ってから、一つ息を吐き、続けた。

「亜美夏とは…元妻だが、彼女の不倫がわかった後、もう彼女を異物にしか見られなくなっていた。最低な言動になると思うが、もともと子供ができなければ結婚まで考えたかどうかもわからない。そんな俺の心の底を、彼女が見抜いて不倫に走ったのかもしれないとも思うが」

「それとこれとは倫理観的に別です。だからこそ、不倫って慰謝料が発生するんですから」

「手厳しいな」

郁之は笑ってから、

「晶郁に関しても、正直に言えば、俺の子供かどうか疑った時期もある。俺には育てられないってこともあったが、だからこそ、相場より高い養育費を払って、向こうに引き取らせた」

自嘲めいた口調で言った。

「……今は、疑ってないんですか？」

「どうでもよくなった、というのが近いな。……ここにきた時の晶郁は、俺を見ても覚えていなかった。それなのに、縋(すが)る先が俺しかないんだ。俺が放り出せば生きてられないだろう。それがどうにも哀(あわ)れで、義務的であっても育てなければと思った」

郁之が、晶郁にどう接していいかわからないと言っていたのは、単純に子供の扱いがわからないということ以上に、そんな気持ちもあったからかと俊は初めて知った事実に胸が痛くなる。

「……でも、社長は晶郁くんといる時、ちゃんとパパの顔をしてると思うし、晶郁くんも今は社長と一緒だと楽しそうだから……大丈夫です」

郁之が帰ってくる時、最初こそ俊が『お迎えに行こう』と声をかけて玄関に向かってい
たが、今は俊が何も言わなくてもお迎えに玄関へと走っていく。

顔色を窺うようなところがあったのも、今はなくなって、素直に甘えている。

「君は……俺が欲しい言葉を、いつもくれる」

そう返した郁之の声が、少し違って聞こえて、俊は郁之の顔を見た。

嬉しそうなのに、どこか頼りなげな感じもした。

寺沢という、なんでも相談できる相手がいるとはいえ、社長という立場は大変なのだろ
う。そこに晶郁のことなどもある。これまで郁之のことは「若くして起業し、成功したな
んでもできる人」のように勝手に思っていたが、強い時ばかりじゃないんだろう——など
と思っている俊に、そっと郁之の顔が近づいてきた。

意図はわかっていた。

そして、よけようと思えば、この前のようによけることは簡単だった。

だが、俊はそうしなかった。

唇が触れて、一度離れ、また触れて——ゆっくりと入り込んできた舌が、俊の舌を搦め
捕ってくちゅくちゅと音を立てる。

そのまま背中を抱いてゆっくりと押し倒されて、ソファーの座面に背中がつくと、パジ

ヤマのシャツのすそから手が入り込んできてわき腹を直に撫でられた。

その感触にぞくっとしたものが走り、俊はとっさにその手を摑み、顔を背けて唇から逃れた。

「……ダメ、です。今日は…」

制止した俊に、郁之は耳元で、

「今日は？」

甘く問いかけてくる。

近すぎる声や耳にかすかに触れた唇の感触に、体に小さなさざ波が起きたが、

「……晶郁くんが、ちょっとした物音でも起きちゃうかもしれないから…」

懸念されることを口にする。

夢でうなされて起きてしまう可能性も十分ある。

もちろん、普段の日でもそういうことがないとは言いきれないが、今日はその可能性が高い。

さすがに郁之も、晶郁に見られてしまうことはまずいと思っているのか、苦笑いしつつも、体を起こし、俊を解放した。

「……晶郁くんと、寝てきます」

俊はソファーから立ち上がり、逃げるように晶郁の部屋へと急いだ。

そして晶郁の隣に、起こさないように潜り込んだものの、

――うわ…キスしちゃった……！

ついさっきのことを思い出し、盛大に恥ずかしくなって、俊は叫び出したくなるのを、隣に寝ている晶郁の手前必死で我慢して、襲いくる恥ずかしさに身悶えたのだった。

9

翌日、できるだけ普通にしようと思うのに、俊は郁之の顔がまともに見られなかった。

そんな様子を郁之はどこか楽しそうに見ている――気がするし、負けてはいけないと(なんの勝負かわからないが)、なんとか頑張って顔を見返そうとしたが、この人と昨日、キスをしたんだな、とすぐに思ってしまって、五秒と持たなかった。

が、そんな羞恥に悶えていたのも、朝食が終わるまでだ。

「晶郁、保育園に行く準備をしよう」

郁之がそう声をかけるが、そこまでご機嫌で朝食も食べ終えていた晶郁は「保育園」というキーワードに眉根を寄せた。

「ほぃくえん……や」

「晶郁」

「や!」

ブンブンと頭を横に振り、登園拒否の構えである。

恐らく、保育園に行ったら母親がまた来るのではないかと思っているのだろう。

それに実際、待ち構えている可能性もある。

「あっくん今日はお休みしたい？」

俊が問うと、晶郁は泣きそうな顔で小さく頷いた。

俊は晶郁を抱き上げると、リビングのソファーに座らせる。そして、

「じゃあ、パパと作戦会議してくるから、ちょっとだけ待ってて」

俊はそう言って、ダイニングの郁之のもとに戻った。

「昨日の今日だし、待ち伏せされてる可能性もあるから……お休みした方がいいとは思います」

「ああ、俺もそれは懸念してる。……今日の仕事は、急ぎのものはあるか？」

郁之の言葉に俊は昨日、早退するまでに入っていた仕事を頭の中で思い返す。

「急ぎのものは特にないです」

「有給か出張扱いにしておくから、今日は晶郁と一緒にいてくれるか？」

「はい」

「それから、ここにも押しかけてくる可能性がある。メインエントランスにも入ってこられないとは思うが、インターフォンが鳴ったら煩（わずら）わしいだろう」

昨日、祖母が来ていたことを考えれば、保育園に登園していないとわかった時点でこっちに来るだろう。

「そうですね、晶郁くんを連れて、どこかへ遊びに行ってきます」

「ああ、頼む」

郁之の言葉に頷いて、俊は晶郁のもとに戻った。

「作戦会議しゅーりょー。あっくん、今日は俺とお外に遊びに行こう」

「おそと？」

「うん。お着替えして、電車に乗って、遊園地に行こうか？　お昼ご飯においしいもの食べて……」

楽しい計画を口にすると、晶郁は頷いた。

「よし、じゃあお出かけ準備、レッツゴー」

テンション高く誘うと、晶郁も「れっつごー」と楽し気に返してくる。

二人で子供部屋へと急ぎながら、俊はちらりと郁之を見て『大丈夫です』と唇だけで伝えた。

予定通りに出かけた遊園地では、晶郁は昨日のことはかけらも思い出さない様子で、楽し気に過ごしていた。

とはいえ、まっすぐ遊園地に来たわけではなく、途中で俊は服を買った。昨日着用していた、どこをどう切り取ってもサラリーマンです、という雰囲気のシャツとスラックスで平日の昼間に晶郁を連れていたら、どう見ても不審者だからだ。

開店間もない量販店でTシャツとジーンズを買い、お手洗いで着替え、着ていた服はカバンに詰めた。

おかげで、とりあえず疑われることもなく、二人で遊園地を満喫する。

さほど大きな遊園地ではなく、小学校低学年辺りまでがターゲット層であるため、絶叫系と呼ばれるようなアトラクションはない。

その分、安心して晶郁を遊ばせてやることができた。

とはいえ、小さな園なので、四時間もあれば遊びつくしてしまう。

午後の早い時点で遊園地を後にし、その後はまた電車に乗って、今度は商業施設に向かった。施設内の喫茶店でおやつタイムを取り、俊は晶郁の様子を連絡するために携帯電話を開いた。

一応、昼食時にも確認して、その時には特に連絡はなかったのだが、それ以降にいくつか郁之からメッセージが来ていた。

やはり、元妻の亜美夏はマンションに来たらしい。家政婦がエントランスのインターフォンを何度も鳴らされ、すべて「いません、知りません」で対応し、最終的にインターフォンを切ったらしい。

しかし、亜美夏が帰宅を待ち構えている可能性が高く、マンションに戻るのは危険なため、今日はホテルに泊まると書いてあった。

さらに、晶郁が不安がるだろうから俊もホテルに泊まってもらえると助かると書かれていた。

「あっくん、パパが、今日はおうちに帰らないでホテルにみんなで泊まろうって」

「ほてる？　なに？」

「えーっと、別のおうち。俺と、パパと、あっくんの三人でお泊まり会するよ」

お泊まり会というキーワードを出すと、晶郁は嬉しそうに笑って「おとまりかぃ、する」と返事をした。

その旨を連絡し、おやつタイムを終えて喫茶店を出ると、まず、俊は晶郁の下着と服を買いに行くことにした。

マンションに戻れないのだから、調達する必要がある。

幸い商業施設内には子供服の店があったので、そこでパジャマや着替えなど一式を購入し、それから、今度は俊のアパートに向かい自分のお泊まり用具を準備して、郁之と落ち合うことになっているホテルへと向かった。

指定されたホテルはビジネスホテルではなく、一流と言われて久しい高級ホテルだった。そのロビーラウンジにいるというだけで、もの凄く場違いなところに来てしまった気分になる。

晶郁も天井から下がるシャンデリアや、置いてある調度品類に興味津々といった様子できょろきょろしていた。

落ち合う予定の時間から十分ほど遅れて郁之はやってきた。

もしかしたら元妻が会社に押しかけてきて、郁之の後をつけてくる可能性があったので、あとを追ってくるタクシーや車がないか確認するために遠回りをしてきたらしい。

すぐにチェックインし、ホテルスタッフに案内された部屋は豪奢(ごうしゃ)なスイートルームだった。

マンションと同じか、まだそれよりも大きいかもしれないと感じさせる部屋に、茫然とするしかない俊とは対照的に晶郁のテンションは高くなった。

「しゅんくん、あっち、なにあるの？」

つないだ手をくいくいっと引いて聞いてくる。

「なんだろうね？　見に行こうか」

一晩とはいえ、泊まるのならどこに何があるか確認しておいた方がいいだろうと、探検を兼ねて部屋をいろいろと見て回ることにした。

晶郁はごきげんで扉という扉をすべて開けて回る。

結果わかったのは、ベッドルームが二つに、リビングとダイニング、パントリーまである、スイートの中でも恐らくかなりランクが上の部屋だということだ。

テンション高く部屋を探検する晶郁の様子に郁之は安心した様子で、晶郁のごきげんなテンションは眠るまで続いた。

今日は一日外で遊び回り、ダメ押しのようにスイートルームの豪華さにテンションが上がったので、晶郁は風呂から上がると髪を乾かしている途中でこっくりこっくりと船をこぎ始め、ベッドに入るとすぐに寝息を立て始めた。

「おやすみ」

声をかけて俊がベッドから出ると、郁之の姿はリビングにもダイニングにもなかった。

恐らくもう一つのベッドルームにいるのだろうと察しをつけ、覗いてみると電話の最中だった。

今日のことで話しておきたいこともあるが、それを後回しにして俊は先に入浴をすませる。

そして身支度をすませてもう一度ベッドルームを見に行くと、郁之は電話を終えていた。

「お疲れさまです。今日のこととか、話したいんですけど、時間いいですか？」

　ベッドに腰を下ろしていた郁之は、

「ああ。風呂に入ってきたのか」

　パジャマ姿の俊に気づいて聞いた。

「入る前にお話をと思ったんですけど、電話をされてたので。……電話、急用とかじゃなかったんですか?」

　郁之は社長だが、優秀なプログラマーで、彼自身がメインで手がけている仕事も多い。そのため、トラブルで急に呼び出されることもある。

「いや、弁護士と、それから寺沢と話していた」

　そう言って、俊を手招きした。俊はそっと近づき、傍ら(かたわ)に腰を下ろす。

「元奥さんのこと、ですよね?」

「ああ。保育園にも今日も現れたらしいから、弁護士になんらかの対応ができないかと相談していたんだ。だが、こちらから送った書類へのサイン前だから、会いに来るなというような制限も難しい」

「言って聞く相手じゃないってことですよね」

「そうだ。……やっと安定してきた晶郁を不安にさせたくないから、しばらくは保育園を休ませようと思う」

　郁之の言葉に俊は頷いた。

「それがいいと思います」

「ただ、その間、晶郁をどうするかが悩ましくてな。……マンションに押しかけてくるのは今日で実証済みだ。マンションに戻らず、しばらくホテルにいた方が安全だろう。問題は昼間だ。会社に連れていったとしても、会社の場所も割れているからそっちに押しかけてくる可能性が高い。むしろ会社の方が、中まで入り込んでこられるから、危険だ」

マンションはエントランスにすら入ってくることが難しいが、会社は来客も多いのでそういうわけにもいかない。

「寺沢は、俺とあいつ、それから君の三人のローテーションでホテルからリモートワークをできないかと言っていたんだが」

「あ、そっか。リモートワークって手がありましたね。……でも、社長も寺沢専務も、社外に行くことも多いですよね」

「そこは、調整してあいつと俺で割り振る」

そう言っているがかなり難しそうなのがわかる。これから入れる予定であればそうできるかもしれないが、すでに入っている明日からの予定の変更は先方にも迷惑がかかる話だ。

「だったら、俺がホテルでリモートワークして、晶郁くんと一緒にいます。どうしても出社しなきゃって時もあるので、その時だけ社長か寺沢専務に来てもらって」

事務職である郁之が、一番リモートに負担がないので、そうするのが一番いい。

しかし、郁之は申し訳なさそうな顔をした。

「君に頼りきりですまない」

謝ってくる郁之に、

「役に立ててるなら、嬉しいです」

俊は笑って返す。それに郁之は少しほっとしたような顔をした。

「今日は、晶郁と何をしていたんだ?」

「社長が出社されてちょっとしてから出かけて、まず俺の着替えを買って、トイレで着替えて、それから遊園地へ行って……」

すでにメッセージで報告したこともあるが、その時に伝えられなかった晶郁の反応や、もっと些細なことなども交えて話す。

「で、おやつを食べてる時にホテルに泊まるってわかったので、今度は晶郁くんのパジャマとか着替えとかを買って、それから俺のアパートへ行って、俺の泊まり準備をして、ホテルへって流れです」

「晶郁が、君の家に行ったのか」

「一人で待ってて、って無理ですし? 修理中のソードライダーと対面して、ソードライダーに『がんばって』って声をかけてて、可愛かったです」

修理の関係上、塗装がマダラになっていることは写真でも知っていたと思うが、実物を

見るのは初めてだ。痛々しく思える姿に向かって、そう声をかけている晶郁に、優しい子なんだなと俊は感動したのだが、

「俺より先に、君の部屋に？」

郁之はそんなことを呟いている。

「不可抗力ですし、散らかってたから、もし社長だったら、外で待っててくださいって言いましたよ」

「俺はまだ、入れてもらえないレベルか」

そう言いながら郁之の手が腰に回される。

「まだっていうか、あの、この手」

「右手だな」

「そうじゃなくて…距離、近い、です」

元妻に対しての対応に関していろいろ頭がいっぱいで、ホテルで合流してからは朝ほど郁之をそういう意味で意識はしなかったのだが、こうして距離を詰められると、否応なく意識してしまう。

「嫌なら、逃げればいいだろう？　力は込めてない」

実際そうなのだが、耳元にささやいてくる声がひどく甘く聞こえて、頭に一気に血が上って身動き一つできそうになかった。

「…社長……、その…」

「どうした？」

わざと唇を耳に触れさせて言ってくる。

「……っ…だから、ホントに、近い」

「逃げる余地は十分やってる。それに、嫌だと言えばやめる。ちゃんと意思表示をしてくれ」

郁之の言葉通り、逃げようと思えば逃げられるはずだ。

そして、嫌だと言えば引き下がるだろう。

それなのに、逃げられない——逃げようと思えないし、嫌だとも言えなかった。

だからといって、積極的にイエスなわけではないのだ。

——俺、どうしたいんだよ……。

自分の気持ちがわからなくて混乱する。

というか、好きだと言われた時点で、ノーの場合、同性なら割合、わかりやすく拒絶的な感情が出てきそうなものだが、それがなかった。

昨日のキスも——ひたすら後で恥ずかしくて、朝も顔を見られないくらいだったが、嫌悪感はなかった。

——ってことは？　いやいや、待て、そんな簡単に答えが出る問題でも…。

混乱しきった頭で開く脳内会議の議場で右往左往するしかない。

「……悪いが、時間切れだ」

その言葉に、え、と戸惑う間もなく、口づけられる。唇の合間から入り込んできた舌が、くちゅっと音を立て口内を探るようにして触れる。

「っんん、…」

頰の内側や口蓋(こうがい)を舐(な)められて、その感触に体から力が抜けていってしまう。

ぐちゅ、とさっきより淫らに濡れた音が直接頭の中に響いているようにこだまして、その音にもおかしくなりそうだった。

「っ……ふ」

ようやく唇が離された時には、いつの間にか足までベッドの上に乗せられていて、完全に郁之に覆いかぶさられていた。

郁之の形のいい唇が濡れているのが目に映り、それだけで俊の体が震えた。

そんな俊の様子に郁之はふっと笑うと、

「そんな可愛い反応をするな」

わざと耳に吐息を差し込むようにしながら、ささやく。それに感じてしまい、俊はまた体を震わせる。

「君は、耳が弱いんだな」

言い終わるや耳朶に甘く噛みつかれ、かと思うと耳殻に舌を這わされて、体の震えが止まらなくなる。

「ん、…あ……っ」

パジャマのボタンを外されて、胸に手のひらを押し当てられる。いつもはあることさえ忘れるような胸の突起が郁之の手のひらに存在を主張するように尖っているのがわかり、それに俊は羞恥を覚えた。

だが逃げる間もなくその尖りを郁之は指先でとらえ、愛撫してきた。

「ひぁっ……ん、ん……」

突起を指で押しつぶされ、かすかな痛みとくすぐったさが同時に襲ってくる。

「気持ちがいいか？」

「……っか、ん、ない…」

いや、わからないわけではなく、恥ずかしくて認められない、という方が正しい。

しかし、それすら見抜かれていたようで、郁之の手がパジャマパンツの上から俊のそれに触れた。

「っ、あ」

すでに兆して、熱を孕んでいるのがわかる。

それを郁之は布越しに軽く握って擦ってくる。

「ああ、……っ」

「少し、腰を上げられるか？」

ささやく声に、意味がわからぬまま、力の抜けかけた腰を上げる。すると、下着ごとパジャマパンツを引き下ろされた。

そして直に俊自身を握り込んでくる。

「ふ……ぅ、あ、あ」

大きな手がゆっくりと扱き上げてくるのに、あからさまな快感が沸き起こる。

「あっ……ぁ、あ」

兆した自身がさらに熱を増し、俊自身の先端から蜜がこぼれた。

人にされたことがないわけではない。乏しいながら、経験はあるが、遠い記憶だ。その上ここしばらく、自慰すらしていなかった。

そのせいで、絶頂があっという間に迫ってくる。

「ゃ、あ、あ、ぁ……、待って、ダメ、出る」

「ああ、そうだな。出せばいい、ちゃんと最後までしてやる」

言外に告げる、離してという意味をあっさり無視し、郁之はさらに淫猥に扱き立てた。

「うぁ、っあ、あ、でちゃう、あっ」

括れの下を強く扱かれ、蜜穴を親指の腹で擦り上げられて、耐えられずに俊は郁之の手に白濁を迸らせた。

「ああ、あ、あ…っ」

放つ間もゆるゆると扱かれて腰の震えが止まらない。目の前がチカチカして、気がつけばいつの間にか郁之の手が離れていたが、愉悦の余韻がやまず、体が不規則に震えていた。

荒い息を継ぎながら、郁之の手で達してしまったことに羞恥といたたまれなさを覚えたが、それが次の瞬間、吹き飛んだ。

「え…」

達して萎えた自身に、手とは違うものが触れた。

ふっと下肢に目をやり、俊は絶句した。

自身のそれに、郁之のそれが重ねられていたのだ。

あまりの光景に俊は慌てて目をそらす。

その様子に郁之が少し笑った気がした。

「もう少し、付き合ってくれ」

そう言うと自分のそれごと俊自身も握り、ゆっくりと擦ってきた。

俊が放ったそれが潤滑剤のようになり、ぬるぬると滑る。

「や…あ、ダメ、いったばっかは…」

達して間もない自身を擦られて、逃げたくなるような愉悦が腰奥から襲ってくる。

意識が溶けそうで、怖くなる。

「あっ、あ、んん……！」

びくっと俊の腰が震えて、少量、蜜を飛ばす。

「あっ、あ、あ、ダメ、いってる、いってるから……」

達している最中の自身をさらになぶられて、悲鳴じみた声で俊は哀願する。だが、聞き入れられるはずがなかった。

それどころか、片方の手が俊の乳首に伸びてきて、つまみ上げた。

「う、やぁっ、ぁ、あ、あ……！」

感覚だけの絶頂が何度も起きて怖くなる。

それなのに、郁之の動きは止まらず、激しさを増して握り込む手も強くなって圧迫感を増した。

強すぎる刺激に、俊の体がガクガクと震えた。

「ん……っ！　あっ、いっっ……!!!」

もうまともな言葉も出なくなり、意識が飛びそうになった瞬間、押し殺したような郁之の声が聞こえ、それと同時に俊の下腹に熱い飛沫(ひまつ)がぶちまけられた。

「ぁ、あ、あ……」

ゆるっゆるっと数回、律動を続けた後、郁之の動きが止まる。

「……岸谷……？」

問う声に応えようとしたが、唇が震えて息が漏れただけで終わる。

「後始末はしておくからこのまま寝てしまうといい。晶郁の部屋には俺が行くから」

その言葉に返事もできず、しばらくは郁之が体を拭いてくれたりしているのがわかったが、そのうち、俊は眠りに落ちた。

週明けから、俊は郁之が懇意にしている社長が年間を通して出張などでやってくる来客用として借りているホテルの一室に移動して、晶郁の世話をしながら仕事を始めた。

この前のスイートルームのような半笑いになるような豪華な部屋ではないが、仕事に使えるデスクセットが備えられたツインルームだった。

もしかしたらデスクセットはホテルのものではなく、本来の持ち主が来客のために特別に入れたものかもしれないが、ありがたく使わせてもらった。

晶郁はそもそもが大人しい子なので、俊が仕事をしている時はテレビか動画を見ているか、マンションから持ってきてもらったブロックで遊んでいる。

とはいえ、それだけでは運動不足になるので、十時からと、昼食後、そして三時のおやつの後にもそれぞれ二十分程度、晶郁とホテルの周囲を散歩することにした。

もちろん、手が空けば郁之や寺沢も様子を見に来て、足りないものはないかといろいろ気遣ってくれる。

晶郁とホテルに泊まるのは、基本的に俊だ。郁之が泊まることもあるが、仕事や弁護士との話し合いなどで帰るのが遅くなることが多いので、移動途中に晶郁の顔だけは見に来て、自身はマンションに帰ることの方が多い。

そして、元妻の亜美夏との話し合いは翌週の火曜になってようやく一度行われた。

だが、話し合いは平行線で終わったらしい。

郁之のところにやってきた時の晶郁の様子を見ても、亜美夏がまともに子育てをしていたとは思えないが、

『私は母親なのよ！』

と、母親であることをことさら主張してくるらしい。

「晶郁から、亜美夏のことを聞くことになるかもしれない。最悪の場合は、会わせなければならなくなるかもしれない」

話し合いの後でホテルにやってきた郁之は、苦い顔で言った。

すでに晶郁は寝ているので、声を潜めて起こさないように気遣いながら、

「あまり、気は進みませんけど……」

と俊は返した。それに郁之も頷く。

「それは俺も同じだ。だが、現時点で親権も養育権も亜美夏の方にある」

もろもろの権利の移動手続きのためだとわかっている。

だが、保育園での晶郁の様子を思い返すと、声を聞いただけでも泣くくらいだ。会わせるのはもちろん、思い出させることもさせたくない。

「このまま話がつかなければ、裁判になる可能性もある。そうなれば、晶郁の負担はもっと大きくなる」

「……それは、わかってます」

そして、あくまでも自分は部外者で、口をはさむ権利もないこともわかっている。

それでも、同意はできなくて、渋い顔になる。

「一応、離婚原因になった亜美夏の不倫の証拠はすべて残してある。離婚時には慰謝料請求をしない代わりに離婚に応じさせたがそれは口約束で書面にはしていない。不倫の慰謝料請求の時効はまだ来ていないから、それを請求すると脅せばなんとかなるかもしれないが、親権や養育権が女性側に渡りやすいことを考えるともうひと押し、晶郁のネグレクトや行きすぎた躾の証拠などが欲しい」

説明する郁之の表情も苦いままだ。

郁之もできれば晶郁には何も知らせないまま、終わりたかったのだろう。

とりあえず、晶郁を弁護士のもとに連れていき、そこで亜美夏と暮らしていた時のことを聞くことになった。

木曜に晶郁を連れて俊も一緒に弁護士事務所に向かった。その一室で録画しながら話を聞くのだが、改竄(かいざん)していないことを示すため、カメラのアングル内に秒表示までされるデジタル時計が置かれていた。

晶郁一人をソファーに座らせ、俊たちは同じ部屋のカメラのアングル外に待機していた。

「パパのところに来る前のことを、お話ししてくれるかな?」

五十代前半くらいの男性弁護士は、まるで孫を見るような優しい目で晶郁に問い、晶郁は頷いた。

日常的な、前の保育園でのことや、お友達の話などから入り、

「ママと一緒にいた時はどんなところへ遊びに行った?」

さりげなく亜美夏とのことを聞いていく。

「……おばーちゃんのところ」

それまでと違い、晶郁の顔が少し曇った。

「他には?　遊園地とかには、行かなかった?」

晶郁は首を横に振る。覚えていない、ということも考えられるが、恐らく連れて遠出はしていないだろう。

「ママはいつも、晶郁くんと何をして遊んでくれたかな？」

「……ままは、ぃつもケータイ…。あそんでってしたら、ぱちんってされる」

「ぱちんってされるの？　それはどこを？　あたま？」

「ぁたま、も、あし、も」

これだけで即虐待と言うには、無理があるかもしれないが、晶郁が頭を撫でられそうになった時や、よその女性の怒鳴り声を聞いて頭を庇うようにしたのは常習的に叩かれていたからだと察せられた。

「ママはケータイ見てない時は何をしてたかな」

「……しらないおじさんと、おでかけする」

「そのおじさんのこと、晶郁くんは好きかな？」

俊はすぐに首を横に振った。

「ぉうちで、あっくん、ぉうたうたったりしたら、うるさいって、ぱちんってする。でも、しゅんくんは、いっしょにぉうた、うたってくれるし、ぉどってくれるの。きのうも、いっしょに、ぉうた、うたったの」

嬉しそうに俊のことを報告する。

その後も祖母に関したことを聞かれたりしたが「ばーばも、こわい。すぐにおこる」と話した。

「晶郁くんは、ママに会いたいかな？」

弁護士が聞いた時、晶郁は体をびくっと震わせ、

「いや！」

強く即答した。顔も凄く顰(しか)めている様子に、

「もうこれ以上は」

と、郁之が止め、弁護士も頷いた。

ここまででも、少なくとも子供を叩いていたのはわかるし、育児放棄の可能性も追求できるだろうということで、晶郁への質問は終わった。

翌日、亜美夏を事務所に呼ぶ段取りができているので、その時に録画を見せて納得させるということになっていたが、その話し合いでも亜美夏は納得しなかったらしい。

「晶郁にそう言うように仕向けてる、と言って聞かなかったらしい。とにかく会わせろと」

話し合いがうまくいかなかったことを、郁之は晶郁が寝てから説明した。

「……会っても、何も変わらないのに」

情に訴えればなんとかなるとでも思っているのだろうか？

確かに、なんとかなる場合もあるかもしれないが、それは子供が他に頼る先がないと思った時だけだ。

以前の郁之なら晶郁を亜美夏のもとに帰す選択をしたかもしれないが、今は違う。

今の郁之はきちんと「パパ」をしているし、晶郁も郁之を信頼している。

「晶郁くんへの説明は、社長がしてください」

「ああ。明日、話す」

郁之は健やかな寝息を立てて寝ている晶郁の寝顔を愛し気に見やった。


翌日『ママと会わなければならなくなった』と聞かされた晶郁は当然のように『いや』と即答していた。

だが、どうしても会わなければならないと説明すると、

「ままにあったら、あっくん、また、ままのところ？」

今にも泣きだしそうな顔で聞いた。

「ママのところに行かせないために、最後にもう一度だけ、ママに会わなきゃならない」

郁之が説得するが、なかなか晶郁は納得しなかった。

それでも繰り返し話して聞かせ、郁之と俊も同席するということでようやく承諾をした。

そして日曜日、再び三人で弁護士事務所に向かった。

話し合いがされるのはこの前、撮影に使ったのと同じ部屋だ。先に部屋に入り晶郁をソファーの真ん中に座らせて、亜美夏が来るのを待つ。

晶郁が顔をこわばらせているのを見て、弁護士は郁之を見て、

「今日で、終わらせますから」

そう言った。それに郁之が頷いた時、ドアがノックされる音が聞こえ、アシスタントのスタッフが『おいでになりました』と告げる。

それに少なくとも俊は身構えた。

ドアが開き、入ってきたのは保育園で見かけた時よりは地味な服装と髪型——恐らく心証を考えてのことだろう——の亜美夏と、そしてその母親だろうと思える女性だった。

亜美夏は一見頼りなげに見える容貌で、何も知らなければ「守ってあげなければ」と感じさせるだろうなと俊は思った。

だが、そんなことを思ったのは一瞬だった。隣に座った晶郁がひくっと体を震わせると、まだ亜美夏たちが座ってもいないのに泣きだしたからだ。

「あっくん！」

「晶郁？」

俊と郁之は慌てる。だが号泣と言っていい様子の晶郁は俊の服をぎゅっと摑み、膝に顔

を隠すようにして、亜美夏の方を見ようともしなかった。

「ぃやぁ…、やぁーーー！　やぁぁぁぁ！」

声の限り泣き叫ぶ。

「どうしたの？　あっくん、ママよ、会いに来たのよ」

「あっくん？」

亜美夏と義母が猫なで声で話しかけるが晶郁の泣き声はさらに大きくなった。

もう、パニック状態になっているのだろう。

「似たような案件をいくつも担当してきましたが、尋常じゃないですよ、これは」

弁護士が険しい声で言う。

俊は晶郁の背を撫でなんとか落ち着かせようとするが、「いや、いや」と泣くばかりだ。

亜美夏と義母は近づいてきたものの、

「それ以上、来ないでください」

俊が制止した。

その言葉に、亜美夏はカッとなった様子で、

「あなたはなんなのよ！　関係ないでしょう！　部外者こそ出ていって！」

と金切り声で言った。

「彼は、晶郁のシッターをしてくれている。今、晶郁が誰より信頼してる相手だ。今日も

彼を同席させるのが条件だったはずだ」

郁之がぴしゃりと言う。

恐らく、面会条件などろくに聞いていなかったのだろうというのがそれでわかった。

亜美夏が押し黙った瞬間、泣きすぎた晶郁が、体を不規則に震わせると、げぼっと吐いた。

それを見て、

「ちょっと！　病気じゃないの⁉　晶郁の世話、ちゃんとしてるんでしょうね！」

祖母がヒステリックに問い詰めてくる。

しかし、俊は全く慌てることなく、脇に置いていたリュックからタオルを取り出すと、まず晶郁の汚れてしまった顔を綺麗にして、それから自分の膝の吐しゃ物を始末してから、

「泣きすぎて吐くことは、子供のうちはあることです」

それくらい、ご存知でしょう？　と亜美夏と祖母を見返し、晶郁の背を宥めるように繰り返し撫でながら静かに言った。

「もっとも、晶郁くんの年齢でこの状態になるのは珍しいですが、よほどお二人に対してのトラウマがあるんだと思います」

そう続けてから、まだしゃくり上げてはいるものの、少し落ち着いた様子の晶郁を自分の方に向かせる形で膝の上に乗せてから、

「これ以上、同席させるのは無理です」

郁之と弁護士を見て言った。

「そうだな。……これだけでも晶郁が、二人に対してどういう感情を持っているかはわかっただろうから」

郁之が言うのに弁護士が頷くのを見やってから、俊は晶郁を抱いたまま立ち上がり、部屋を出た。

すぐ別の部屋に通され、その部屋のイスに座ってとりあえず落ち着く。

二人だけの空間で晶郁はひくひくとしゃくり上げながらも、

「しゅんくん、ごめんなさぃ……」

と謝ってきた。その謝罪に、胸が痛くなる。

「晶郁くんは悪くないよ。いい子。よく頑張ったね。あとはパパが、ママのところに行かなくてもいいように、頑張ってくれるからね」

繰り返し背を撫でながら、そう宥めた。

10

そのまま別室で待っていると、一時間くらいしてからドア越しに人の出入りがあるのがわかった。それから少しして、部屋のドアがノックされ、俺だ、と郁之の声がした。

どうぞと返してすぐドアが開き、郁之が入ってきた。

「晶郁は？」

「疲れて、寝てます」

抱っこされたままで寝ている晶郁の様子に、郁之は少しほっとした顔を見せた。

「話し合いは、どうなりましたか？」

一番気になっていることを聞く。あの状況だからないとは思うが、彼女にとって晶郁が金づるなら、月に一度でも会わせろと食い下がってきてもおかしくはない。

「こっちの条件をすべて飲ませた」

郁之の言葉に俊はほっとした。

「……よく、飲みましたね。もっとゴネてもおかしくなさそうな人たちなのに。……手切れ金みたいなのを払ったり？」

「それもない。晶郁の様子と、晶郁が一緒に住んでいた頃、亜美夏が遊びほうけていた証拠を突きつけた」

どうやらSNS上に、キラキラシンママ的な感じで再婚目的相手とのデートだの一人でのショッピングだのエステだの、遊んでいる証拠をわんさか載せていたらしい。

それだけなら問題はなかっただろうが、前の保育園での評判、晶郁自身の先日の証言、それに加えて、離婚時には請求しなかった不倫の慰謝料請求を本人と相手——不倫相手も既婚者でそうなれば、相手の妻からも慰謝料を請求される可能性がある——に行う、とたたみかけた結果、双方関係者の接見禁止を含め、すべての条件を飲んだらしい。

「即効力を持つ内容のものだから、今日から家に戻れる。どうする?」

ホテルは一か月程度を見越して貸してくれていたので急いで出なくとも構わないのだが、

「とりあえず、マンションに戻った方がいいと思います。その方が晶郁くんがのびのびできると思うし……」

ホテルに置いたままの荷物は明日、片づけて引き払うことにして、今日はマンションに戻ることにした。

俊たちがホテルにいる間も、基本的に郁之はマンションに帰っていて、家政婦は変わりなく来ていたので部屋は綺麗だった。

だが、食事作りは止めてもらっていたので食べるものがないことを帰る途中で郁之が思い出し、どこか店で食べて帰るか、という話が出たが、今日はいろいろありすぎて晶郁の元気がない——車に乗り込む前に起きた——ので、何かあってもすぐ休めるように、テイクアウトなりなんなりでも家で食べようということになった。

郁之も簡単なものでいいと言うし、俊も気分的にあっさり簡単なものですませたい気分だった。

「味の保証はできないですし、超簡単なものになりますけど、俺が作りましょうか?」

と言うと二人もそれがいいと言うので、途中のスーパーで適当に買い物をして、俊が夕食を作った。そうは言っても、卵焼きに、野菜炒め、みそ汁という、夕食というよりは朝食というようなメニューだ。

それでも二人はおいしいと言って食べてくれた。

夕食の後は、これまでと同じルーティンで、晶郁を寝かしつけてから帰るつもりだったのだが、

「しゅんくん、おとまり?」

食後のソードライダータイムの時に晶郁が聞いてきた。

「今日は、俊くん、おうちに帰るよ?」

そう言うと、晶郁は泣きそうな顔をした。

「あっくん…しゅんくん、いっしょがいい……」

目に涙をためて言ってくる。

今日は母親と祖母と会って精神的なショックもあるし、そもそもホテル暮らしの間、ずっと俊が一緒だったことで、俊がいることが晶郁にとって当たり前になっていた。

「できれば、泊まってもらえないか」

不安定すぎる晶郁を気遣って、郁之もそう言ってくるので、俊は承諾した。

結果、ホテルでも一緒に入っていたので、ソードライダーを見終えてから、俊が晶郁と風呂に入った。

マンションではいつも先に上がる晶郁を俊が引き受けていたが、今日は郁之が引き受けてくれて、俊が風呂から上がると、晶郁は髪もきちんと乾かしてもらいパジャマを着て絵本をいくつも選んで待っていた。

「今日はたくさん選んだね。上から順番に読む?」

そう言うと笑顔で頷いてくる。

「じゃあお布団にゴロンしよう」

そう言って二人で布団に横たわり、俊は絵本を読み始める。

いつもより時間がかかったものの、疲れもあって四冊目の途中で寝てくれた。それでも

すぐに動くと起きそうなのもあって、俊はじっと晶郁の寝顔を見つめる。

「今日は、本当によく頑張ったね……」

そっとささやいて、これからは安心して過ごしてほしいと願いながら寝顔を見続けていると、そっと音をたてないように子供部屋のドアが開いた。

俊はドアに背を向けていたが、確認しなくても、郁之だとわかる。

近づいてきた郁之が、そっと背後で膝をついて晶郁の様子を窺うと、

「寝たのか」

小さな声で確認してくる。漂ってくる石鹸の香りから、郁之もすでに入浴を終えたのがわかった。

「はい。ついさっき」

そのまま二人で晶郁の寝顔を見ていたが、

「もう、大丈夫…かな」

俊はそう言って、そっと起き上がると、そのまま郁之と一緒に部屋を出てリビングに向かった。

リビングのソファーに腰を下ろし、最初に口を開いたのは郁之だった。

「これでようやく落ち着ける」

心底、ほっとしたような声だった。

「そうですね」

俊も同じように安心して返した。

郁之の話では、晶郁自身が母親に会いたいと言い出さない限りは双方連絡を取らない（晶郁に重大な事情が起きた場合は除く）し、それを破り接触した場合には慰謝料を、ということで合意をしたらしい。

「それで、これからのことなんだが」

郁之が切り出した。

俊は晶郁の世話についてのことだと思っていて、これまで通りのローテーションでいいんじゃないかなと考えていたのだが、

「晶郁のことでは、これからも君の手を借りなくてはならない。ただ、そのうえで、君の気持ちを確認しておきたい。俺は、君が好きだ。そのことに変わりはないんだが、君は？」

まさかの、恋愛方面での「今後」についてだった。

「えっと、それは、その……」

思っていなかった展開に俊は言葉に詰まる。

「この前は、君の感情があやふやなところに付け込んで、行きすぎた行為をした。それについては謝る」

それがどの行為かなど、考えなくてもわかる。スイートルームでの、アレだ。

思い出した瞬間、俊は一気に頭に血を上らせた。

「……その、ことについては…だから、えっと……」

急展開に頭がついていかなくて、しどろもどろになる。

「今回のこの騒ぎの中でも——君の顔を見ると安心できた。どうしようもなく、君に惹かれているのを自覚した。改めて言うが、俺は君を好きだ」

あまりにまっすぐな言葉は、俊に目をそらすことすらさせなかった。

そのうえで、郁之は続ける。

「ただ、同性同士という関係が少しずつ認知されてきているとはいっても、少数派であることは間違いない。君自身、この前は流されただけかもしれないと思うし、冷静になれば、受け入れられないと思うかもしれないということも理解している。その時には、晶郁のことだけは引き続き頼みたいが、決して今のようなことを匂わせたりもしないと誓う」

その郁之の言葉に、俊は必死で自分の今の感情のもとにある『気持ち』を探した。

「その、俺……この前のこととか含めて、男同士の云々を、誰かれなく受け入れるってことは、ない、です。もちろん、今まで、同性をそういう風に見たことがなかったっていうか、そもそも女の子と付き合った経験もそんなになくて、恋愛自体がまだよくわかってないっていうか」

これまでの人生で女の子と付き合ったのは二回だけ。そのうち一回は高校時代の「修学旅行前になんとなく」の付き合いで、修学旅行後一か月で自然消滅した。その次が保育士の資格を取るため短大に通っていた時で、その時にはそれなりに深い関係になったが、互いに働き始めると忙しすぎて、こちらもやはり自然消滅した。

どちらも友達付き合いからなんとなく始まって、なんとなく終わってしまって、正直に言えば始まりも終わりも「そんなものか」という感じだった。

だから、郁之のように、はっきりと好意を口に出してアプローチされたのが初めてで、本当にどうしていいかわからない。わからないのだが、

「社長と、なんていうか、この前みたいなことになって、最中もその後もめっちゃくちゃ恥ずかしかったんです。……でも、恥ずかしいって以外は、嫌ってこともなくて」

それは事実だ。キスの翌日も、スイートルームでのあのことがあった翌日も、記憶を抹消したいくらいの勢いで恥ずかしかったが、かといって郁之に対しての嫌悪感が生まれたわけではなかった。

そんな俊に、郁之は、

「……もう少し、判断材料が欲しいんだが」

そう言って、他に何か自分に対して感じていることはないのかと聞いてくる。

俊は少し考えてから、

「プールに行った時ですけど……社長が女の人に囲まれてるのを見た時は、なんかモヤっとしました。あと、元奥さんの話を聞いて腹が立ったのは、単純に晶郁くんを大事にしてないからってだけでもなかった気がするし……それから、晶郁くんのことで手伝いを始めて、最初にお金をもらった時は、実は結構ショックだったっていうか」

ぽろぽろと話し出す。

「ショック？」

「もちろん、感謝してくれてるってことはわかってます。そうしないとこの先も頼みづらいからっていうのもあるってことも。でも、そういうのが目当てじゃなく手伝ってるのに、みたいな。もし、寺沢専務に手伝いを頼まれてお金をもらえたら、ラッキーって思った気がするから……社長には、お金で解決的な感じに思われたくなくて、そういうんじゃない形で関わりたいと思ってたのかなとか……」

グダグダ言ってるなと、自分でも思ったが、それを郁之は嬉しそうに聞いていた。

「それを、俺の勝手な判断で言わせてもらうなら、多分君は俺をそういう意味で思ってくれてるんだと思う」

郁之がそう言うのに、

「そうなんですか？」

ポヤポヤした頭で問う。

「寺沢に押し倒されたら、どうだ?」

「…それは抵抗します」

俊は即答する。寺沢が嫌いなわけじゃない。見た目もいわゆる「シュッとした男前」だ。でも、郁之とは違うことだけは確かだ。

「俺に押し倒されたら?」

「……とりあえず、恥ずかしいです」

「だったら、もう、俺を好きという認識にしておけ。もし違っていても、違っていることに気づかないように刷り込むから」

そう言った郁之の顔がそっと近づいてきて、口づけられた。それはすぐに深い口づけに変わって、入り込んできた舌に上顎や歯の裏側を舐められる。

片方の手は逃げられないように俊の後頭部に添えられていて、もう片方の手はパジャマのすそから中に入り込んできてわき腹を撫でる。

「んん、んっ」

ぞくっと背筋を這い上がっていく何かの感触に、俊は体を震わせる。そしてわき腹を撫でていた手がそっと胸へと伸びた瞬間、俊はその手を自分の両手で摑んで止めた。

「……嫌か?」

唇を触れ合わせたままで問う郁之の声は濡れた気配がした。その淫靡(いんび)な気配に小さく震

えながら、

「…晶郁くんが…起きてきたら……」

これまで夜中に起きてくるようなことはなかったが、物音が聞こえたらその限りではない。そして起きた晶郁が真っ先に来るのはこのリビングだ。

それは郁之も理解しているようだが、やめる、という選択肢はないらしい。

「俺の部屋ならいいだろう？」

一応、問いかけの形はとっているが、有無を言わせない様子が窺えた。

それに、俊が目を泳がせながら、頷くと郁之は先に立ち上がり、俊に手を差し伸べた。

「行こう」

その手に俊が自分の手を重ねると、郁之はぎゅっと握って俊を立ち上がらせた。


マンションに来るようになって結構経つが、俊が郁之の部屋――寝室に足を踏み入れるのは初めてのことだ。

いわゆる主寝室ということになるのだろうが、大きな部屋に見合う大きなベッド――確か以前、キングサイズだと言っていた気がする――と、持ち帰った仕事をするための机と本棚があったが、それ以外に余計な調度品はなく、すっきりした部屋だった。

その、存在感の大きなベッドの上に俊はちょこんと座ったものの、どうしていいかわからなかった。

「そんな迷子の子供みたいな顔をするな」

苦笑しながら、郁之もベッドに上がってくる。かすかなマットレスの振動にすら、俊の心拍数が上がって、俊は心もとなくて、長いパジャマの袖を摑んだ。

その様子に郁之はそっと手を伸ばして、俊の着ているパジャマに触れた。

「彼シャツ…いや、彼パジャマかこの場合。この前も思ったが、なかなかそそられる」

そんなことを言って、郁之は笑う。

弁護士事務所からまっすぐマンションに戻ったので、当然、俊のパジャマはなく、今回もまた下着とパジャマを郁之に借りたのだ。

なんていうことのないやり取りで、いつもなら俊も何か言葉を返すことができたと思うが、この状況では何も浮かんでこなくて、むしろ視線をどこに向けていたらいいかもわからないほど緊張していた。

郁之の手がパジャマのボタンに伸びて、外していく。

「…っ彼、パジャマ、そそるんじゃなかったんですか……？」

「着衣プレイが好みなら、そうしてやりたいが、今度にしよう」

「着衣プレイ……」

とんでもない言葉が繰り出されて、俊は返す言葉を見失った。その間にボタンが外されて、肩からシャツを落とされ、ベッドへと押し倒される。

それに俊は、はっとして郁之を見て――いつもと違う欲に燻った目と視線が合い、息を呑んだ。

「社、長……」

「肩書で呼ばれると、悪いことをしてる気分になるな」

郁之はそう言うと俊の首筋に唇を落とし、甘く歯を立てた。かすかに走った痛みに声を上げるより早く、唇は鎖骨をたどり、そして胸へと行き着いた。

そして、片方の乳首に甘く吸いついた。

「ん、っ……」

もう片方には手が伸ばされて、指先で柔らかく擦られる。くすぐったさに肩がすくんで、無意識に体をよじろうとしたが、完全に敷き込まれた状態では少しもがけた程度だ。

「……っふ、あ、あ」

押し当てられた舌が尖りを増した乳首を速い動きで舐め上げるのと同時に、もう片方を少し強くつまみ上げられた。

「んや…ぁあっ…！」

くすぐったさと痛みと、それとは別のものが走って俊は悶える。

甘く舐めた後、軽く歯を当てられ、チュッと音を立てて吸い上げられて、背中が反った。反対側も絶えず手でこね回されて、息が上がる。

「っあ、あ、…ぁあ」

胸で感じ始めている、ということを俊が自覚できないうちに、郁之のもう片方の手が下肢へと伸びた。

そしてパジャマパンツの中へと入り込み、直接俊自身をとらえた。

すでに自身は熱を孕んでいて、その事実に俊の頭にかっと血が上った。

——胸で、こんな……。

くすぐったいだけだったはずなのに、という戸惑いも、自身をとらえた手が激しく動き出すとすぐに消え、もう何も考えられなくなった。

あっという間に蜜があふれて、濡れた感触がし始めた。

「や、や…っ、まって、あぁ、あっ」

乳首を吸い上げられ、もう片方は指の腹で押しつぶされ、そして自身を強く扱かれてあっという間に追い上げられる。

「あぁっ、……っく、もう……っ」

腰がカタカタと震えて、俊は何度も首を横に振った。

「いっちゃう、ぁ、あ、あっ」

裏筋を強く押された瞬間、堪えきれず俊は達した。

「つく…、う……んっ、あぁ、あ…」

全部を搾り取るような手の動きに、郁之の体の下で不自由に体を悶えさせ、俊は喘ぐ。

そして放ち終えてようやく手が離され、最後にダメ押しのように乳首を吸い上げられた。

「やぁあっ…！　やっあ、あ…ッ」

ゆっくり、郁之が離れる。それを感じてはいたが、俊はもう目を開けることもできず、
ぐったりと息を継ぐことしかできなかった。

その間に、下着ごとパジャマズボンを取り払われたが俊はされるがままだ。次いで、衣
擦れの音がして、気配で郁之がパジャマを脱いだのがわかる。

だがそれに何かを考えるほど、まだ俊の頭は動いていなかった。

だから両方の膝に手をかけられた時も、抵抗すらせず――そのまま大きく足を開かされ
て、あ、と思った時にはもう下肢に郁之の顔がうずめられていた。

「あ、ッ……！」

達したばかりの俊自身が口腔にとらわれる。そのまま深くまで咥え込まれ、軽く歯を当
てて顔を上下されて、俊はあっという間に絶頂を呼び戻されて悶える。

「いっ……や、いぁ、ァ、ダメ、あ、ああっ！」

敏感なままのそこに与えられる刺激に俊は悲鳴じみた声をあげるが、まともに声が出て

いるかどうかもわからなかった。

　気持ちがいいけれど、達したばかりのせいで熱は中途半端にしか孕めず、もどかしさの混ざる絶頂が何度も襲ってくる。

「っ！　い、あ！　っア…！」

　その中、何かぬるついたものを纏った指が一本、後ろに伸びてきてそのまま入り込んでくる。

「や、なに……うしろ、や、や……」

　パニックを起こしたような声に、郁之は下肢から顔を上げ、俊を見た。

「……どうした？」

　淫靡な気配を纏わせた声が問う。俊は眉根を寄せて、

「うしろ…なん、で」

　切れ切れの声で聞いた。

「準備をしないと、怪我をさせるだろう？　ワセリンを塗っているから、滑りは悪くないはずだ。次は、ちゃんとしたものを準備しておくが、今日はこれで許してくれ」

　返ってきた言葉の内容を理解できた時には、もうまた顔を下肢に伏せられていて、グズグズになった自身を舐め上げられながら、後ろに入り込んだ指で中をいいように探られた。

　男同士でどうするのか、噂話程度には聞いていたことだが、その情報を自分とリンクさ

せていなかった。

――っていうか、入るのか？

あの日、スイートルームで感じた郁之のそれは、直視していないから正確なことはわからないが、自分のそれより随分と大きかった、と思う。

――無理、普通に、無理……！

そんな思いにとらわれた瞬間、体の中を探っていた指が、変なところに当たって体が震えた。

「ふ……っ…」

知らず漏れた声を追うように、そこに再び指が押し当てられ、そのまま揺らされる。

「ああ、ここだな」

俊自身から唇を離し、郁之がささやく。

「んぁ、あッ……ぁっ」

「指を増やすぞ」

言葉を言い終わらないうちに、指が二本に増えて弱い場所を交互につついてくる。

「うぁ、ぁ……、あぅっそこ、あぅ、あっ、あ」

自身に触れられるのとは違い、もっと深い愉悦が体の底から沸き起こった。

「気持ちいいか？　もっとよくなろうか」

中で軽く曲げられた指がぐるりとかき混ぜるようにして回される。

「まって、ぁぁ、ぁ、あッ！」

一瞬目の前がホワイトアウトして、それからひどく体が痙攣した。

「やぁっ、あ、あ…ダメ、あ、あ」

びくびくと体が震えて止まらなくなる。そこにまた指が増やされて、三本の指がぐちゅぐちゅと俊の体の中をかき回して、強い愉悦を植えつけていく。

「ダメ、ダメ……っ、あっぁぁぁ…っ」

後ろをえぐられるたび、俊自身は立ち上がったまま震えて透明な雫をあふれさせる。

イっている気がするのに、イってなくて、それなのにずっと気持ちよくて怖くなる。

「中がイイ？　ずっと震えてるな……」

また中をぐるりとかき回されて、下腹部が痛いくらいにぎゅうっと熱くなった次の瞬間、頭のてっぺんまで突き抜けるような快感が広がった。

「ふぁ、っぁ、あっぁぁ……ッ」

「中イキできてえらいな」

どこか嬉しげな声が聞こえたが、内容まで認識することはもうできなかった。

頭の中は真っ白で、呼吸すらままならない。

その俊の中から郁之は指を引き抜いた。

　与えられていた刺激がなくなり、震える唇から無意識的に息を吐いた時、引き抜かれたそこに指とは比べものにならないソレが押し当てられ、そのままゆっくりと体を割り開いて入り込んできた。

「っ……！　ぁ、あ、大きい、むり」

　めいっぱい開かれる感触に本能的な恐れが沸き起こった。

「大丈夫……ちゃんと、飲み込めてる」

「あっ、あっ、ぁっ……！　――ッ！　おっき、おっきい…ッ！」

　ズルッと音がしたような気がした次の瞬間、入り込んだそれがさっき散々弄ばれた場所を擦った。

「やあ、ぁああ！　あ、あ」

　内壁がぎゅっと引き締まり、俊自身からぴゅるっと蜜が飛んだ。

「ここがイイところだからな。ほら、もっと好きなだけ悦くなればいい」

　小刻みな動きで弱い場所を繰り返し穿たれ、俊は何度も絶頂を迎える。

　中イキという言葉を認識できないままで与えられる絶頂に、俊はなすすべなく悶えるしかなかった。

「あ、あっ！　あーっ、あ……っ、あっ！」

　弱い場所を繰り返し穿っていた郁之のそれが少しずつ奥へと入り込んでくる。

体のどこまでも暴かれていく感触が怖いのに、気持ちがよくて仕方がない。

やがて、行き止まりのような場所まで来て、ようやく郁之の動きが止まった。

「ここが、今は一番奥、だな」

キツく目を閉じてフルフル震えている俊を満足そうに見下ろし、郁之は俊の耳元に唇を寄せた。

「そのうち、もっと奥まで……俺を全部受け入れてくれ」

甘くささやくが俊はもう、言葉を認識できてはいないこともわかっていた。それすら可愛くて、郁之はゆっくりと自身を引き抜いていく。

引き抜かれるそれを惜しむように絡みつく肉襞を、また小刻みな動きで突き上げて奥まで入り込む。

「ぃ、いっ…ん、ぁっあっ、ぁっあッ……ッ！　ダメ、まえ、ぁっぁ！」

熱を孕みきったままの俊自身の先端を指先で揉み込むと、一気に弾けて蜜がダラダラとこぼれ落ちた。

「やぁっ、あ、あああ、っ……あ」

逃げようとする腰をもう一度両手で掴み直して、強く腰を使う。中でも繰り返し絶頂を迎えてキツく締めつけてくる俊の一番奥に入り込み、郁之は熱を放った。

「ゃあ、あ、あ……」

「――ッ、あっ、あ……」

体の中であふれ返る熱に唇をわななかせる俊の肉襞に、郁之は精液を擦り込むように幾度か腰を揺すった後、息をつき、カタカタと体を震わせている俊のわき腹をそっと撫で上げる。

「あぁああっ、あ……っ」

たったそれだけの刺激にさえ、また感じて中の郁之を締めつけ、痙攣の止まらない肉襞がまるで唆(そそのか)すようにうごめく。

「……明日は、有給にしておくから…すまない」

郁之は苦笑して、俊の額に唇を落とすと、自身の息が整うのを待って、またゆっくりと腰を揺らし始め――俊は意識を飛ばしても、さらに強い愉悦で呼び起こされるという悪循環に翻弄されたのだった。

「あっくん、次はどれ見る?」

「えっとね、さんだいめの、えいがのみる」

リクエストに応え、俊はＤＶＤボックスから、ソードライダーの三代目の映画版を探す。

あれからひと月ちょっとが過ぎた。晶郁は最初の頃は保育園に行くのを嫌がる時もあったが、今はすっかり元気で、保育園にも元気に登園している。

俊は相変わらず、火曜日と木曜日は保育園のお迎えから夜の寝かしつけまでのコースを続けつつ、大体隔週で金曜の夜から日曜の夕方までのお泊まりをしている。

お泊まりの時に参加するヒーローショーは、もちろん、晶郁同伴だ。

それ以外にも、どうやら大きなプロジェクトを受注したらしく、これまで以上に郁之と寺沢が忙しくなり、二人の代わりに俊が保育園のお迎えに行くことも増えて、週の大半をマンションで過ごすような感じである。

今日は土曜で、昨夜お泊まりだった俊は、朝からずっと晶郁と、それから郁之も一緒に過ごしていた。

とはいえ郁之は同じリビングにいるものの、ソードライダーを見ているわけではなく、タブレットで仕事の書類に目を通していた。

とりあえず同じ空間にいる、というのがいいらしい。

俊がＤＶＤを探してセットする間、晶郁はテーブルの上のソードライダーのフィギュアを、前のように、にこにこしながら見ている。

ようやく修理を終えて、昨日、泊まりに来た時に持ってきたのだ。

やはりきっちり元通りというわけにはいかず、翻ったマントの角度や、なくなったパーツに関しては、フィギュアの写真を検索し、それを参考に作ったので違う部分はあるし、実物と比べれば似て非なる物になるだろう。それでも単体で見ると、パッと見は悪くない――というか、俊の今の技術ではこれが限界だ。

ただ、晶郁は喜んでくれたし、郁之も感心してくれていた。

そして、今度は何かあって倒れても壊れないようにと、一番低い棚板に置き、俊が一人でもテーブルに持ってこられるようにした。

それを今も自分で持ってきて、眺めているのだ。

映画が始まると、晶郁はソファーに座り直して見始める。

そして、半分ほどまで見た頃、インターフォンが鳴った。エントランスではなく、玄関からのものなので、鳴らしたのは同じマンションの住民か、エントランスキーを持っている誰かに限定される。

そして後者であれば、心当たりは一人しかいない。

「寺沢だ」

郁之はそう言って立ち上がると、玄関に出迎えに行った。そして、すぐ二人でリビングにやってきた。

「おう、あっくん、元気か？　それから岸谷——は元気だよな、昨日も会ったし」

寺沢は晶郁と並んで一緒にテレビを見ている俊に笑いながら問う。

「元気ですよ？」

「まあ、今日は元気だったたって方が正解かもしれないけどな」

寺沢はいわくありげにそんなことを言ってくる。

「明日は晶郁とショーに出かけるから、明日も元気だぞ」

郁之は多少、残念そうに言う。

郁之と、そういう関係であることは、寺沢も知っている。そもそも、郁之が俊に対して特別な感情を抱き始めた頃から、寺沢はうっすら感づいていて、相談にも乗っていたらしい。

「まあ、元気なのはいいことだ。打ち合わせの前にケーキ食わないか？」

寺沢は買ってきたケーキの箱を見せる。どうやらこの後、郁之と例のプロジェクトの打ち合わせをするらしい。

「けーき！」

真っ先に反応したのは晶郁で、時間も丁度おやつタイムに差し掛かっていたので、映画を中断してケーキを食べることになった。

俊が取り分け用の皿とそれぞれの飲み物——大人は全員コーヒーで、晶郁は麦茶だ——

を持って、三人が集まっているダイニングテーブルに戻る。

寺沢が買ってきたのは、全員おそろいの苺ショートで、大人の苺はすべて、晶郁に献上された。

苺でいっぱいのケーキをにこにこしながら食べる晶郁の世話をさりげなくしながら、俊もケーキを食べる。

その様子に、

「もう、完全に家族だな、おまえ」

寺沢が言う。

「歳の離れた弟か若いパパか、微妙なとこですよね」

そう返した俊に、

「若いパパだったら、俺の立場がなくなるだろう」

郁之が冷静に返してきた。

「おまえは別の意味で、岸谷の『パパ』でいいんじゃね？」

そんなことを笑って言った寺沢は、

「もうほとんどここに住んでるみたいなレベルなんだから、空いてる部屋に越してくりゃいいじゃん。家賃も浮くし、いろいろ手間も省けんだろ？」

そう続けてくる。その言葉に、

「それもそうだな」

と郁之は納得したように返し、俊が異を唱えるより早く、

「晶郁は、俊くんが毎日お泊まりしてくれると嬉しいか?」

と聞いた。

「しゅんくん、まいにちおとまりするの?」

郁之の言葉に、晶郁は目を輝かせ、俊を見る。

期待でいっぱいの晶郁をがっかりさせたくないと思う感情と、卑怯(ひきょう)な手で外堀を埋めやがって、という感情の狭間で、俊は返事に迷いつつ、恨みがましい目で郁之を見るが、どこか楽しそうに答えを待っている郁之に、結局抗えないんだろうな、と自覚する俊だった。

おわり

番外編　社長は順調に追い込む

郁之のマンションは4LDKで、そのうちの二部屋は郁之と晶郁の部屋として使われているが残り二部屋は空いていた。

そのうちの一部屋は物置になっていて、シーズン外のものや、ゴルフバッグなどのアウトドア用品が収められている（最近は子供用品も増えているが）。

そしてもう一つの空いている部屋を見せられ、俊はため息をついた。

「この部屋が気に入らなければ、物置の荷物をこちらに入れ替えてもいい。好きな方の部屋を選んでくれ」

こともなげに郁之は言う。

「えーっと……、俺、一緒に住むのはまだ承諾してないっていうか？」

「泊まりの荷物を置いておけばいい。君もいちいち、持ってきて持って帰るのは面倒だろう？　それに一式置いておけば、月曜はここから直接出社できるし、帰るのが面倒になった時でも楽だと思うが」

もっともそうに言う郁之に、

「それもそうですね。……とか言うと思いました？」

俊はにっこり笑って、言外に不可を告げる。

寺沢の「空いてる部屋に越してくりゃいいじゃん」発言の翌日のことである。

今日、俊は晶郁とソードライダーのショーに出かけていた。そこでめいっぱいはじけて楽しんだ晶郁は、帰宅後間もなく電池切れになり、現在昼寝中である。

そんな晶郁のお休み中に、俊は空いている部屋に案内されたのだ。

「言うと思ったが？」

あっさり返してきた郁之に、俊は再びため息をつく。

「嫌なのか？」

そんな俊の様子に、郁之はトーンダウンした口調で聞いてくる。

「嫌、なわけでは……」

「なら、何が問題だ？　プライベートな時間が取れなくなりそうだというのが心配なら、部屋に鍵を付ければいい。ドアノブの付け替えは簡単だからな」

「そういう問題じゃなくて」

「なら、どういう問題だ？」

理詰めで来る郁之だが、決して口調は硬くない。どこか甘い響きさえあって、それに妙にときめきそうになる自分を俊は呪いたくなる。

「その……けじめがなくなりそうなのが嫌っていうか、怖いっていうか」

「けじめ？」

「俺が晶郁くんのことで社長のお手伝いをしてるっていうのは、もう会社のみんなが知ってることじゃないですか？」

俊の言葉に郁之は頷いた。

隠さなければならないことでもないし『子供を引き取った郁之だけでは手が足りず、元保育士の俊が手伝っている』ということは、ごく自然に受け止められていた。

「知っているんだから、なおさら問題ないだろう？」

と言う郁之の言葉に俊は首を横に振った。

「問題です。……俺と社長って、そもそも、接点なかったじゃないですか？　それが晶郁くんがきっかけで、接点ができて、会社でも普通に話すようになって。なんていうか、空気感が違うっていうか。晶郁くんのことでって以上に親しい的なそういう感じが出ちゃったりしたらなんかマズいかなって」

うまく説明できないが、会社でプライベートが透けて見えるような雰囲気を感じさせてしまうようになったら、マズイ気がする。

別に、郁之と付き合っていることを知られるのが嫌だというわけではなくて、ただ周囲がいい気分ではないかもしれないと思うのだ。

俊の言葉に郁之は納得したように頷いた。その様子に、理解してもらえたのかなと思った俊だったが、

「確かにそうだな。だが、それなら逆に考えるのはどうだ？」

「逆に？」

返ってきた言葉は素直な承諾ではなく、風向きが望んでいない方に向かうのを感じつつ、俊は問い返した。

「けじめがないのが気になるなら、逆方向にけじめをつければいい。寺沢が言っていただろう、俺が君のパパになればいいと。いっそ養子縁組をしてしまえばどうだ？　法的にも家族だから、一緒に暮らすのに問題もなくなる」

その言葉に俊はにっこり笑って、

「却下で」

バッサリ切り捨てた。

「なぜだ？」

郁之は不満げだ。

「なんで一足飛びにそこに行っちゃうんですか？　そこに行くまでにもっといろいろあるじゃないですか？」

「君のご家族への挨拶（あいさつ）か？」

「もっとその前です。普通の恋人同士でも、同棲する前にもうちょっといろいろ細かいことを詰めて、とかあるじゃないですか」

一応俊はそう言ってみたが、そこまで考えるような濃い付き合いをしたことがないので完全に想像というか、テレビやマンガなどからの推測である。

「確かに、いきなりターゲットが大きすぎたな。では細分化して一つずつ解決していくか？」

あくまでも冷静に返してくる郁之に、俊は完全にアリ地獄に落ちたアリの気持ちになった。


アリジゴクはウスバカゲロウの幼虫である。

翌週の木曜の夕食後、ネットで調べた知識を脳裏によみがえらせながら、郁之のマンションの空いていた部屋で簡易家具を組み立てていた。

「しゅんくん、ねじ、いる？」

その様子をじっと見ていた晶郁が、手にしたねじを差し出しながら聞いてくる。

「長い方のねじをくれるかな？」

「はい」

笑顔で差し出してくる様子が可愛くて仕方がない。ありがとう、と言って受け取り組み立てを順調に終える。

作ったのは三段のカラーボックスを二つだ。そこにアパートから持ってきた日用品を収め、空いているところには晶郁と一緒にソードライダーのグッズを飾っていく。

「しゅんくん、これ、なんだいめ？」

「それは七代目だよ。こっちが五代目」

「ごだいめのそーど、きらきらしてる」

「凄いね、すぐに気づいたね。そうなんだよ、五代目のソードはこの波紋のところがキラキラしてるんだよね」

飾りながら、オタトークが始まるのは、ファンの性である。

とはいえ、なぜ俊が簡易家具を組み立て、家から持ってきた日用品やグッズをそこに並べているのかと言えば、先日の話し合いを、郁之にいいように展開されたからだ。

とにかく俊としては「一緒に住む」のは時期尚早だと思っていた。

もしかしたらいずれそうなるかもしれないというか、そうなってもやぶさかではないのだが、郁之との関係は俊が意識してからあれよあれよという間に急展開してしまい、このままなし崩しに一緒に暮らす、ということに対して、いろいろとそれらしい理由付けをして難色を示した。だが、ようするに、ちょっと怖くなったのだ。

話し合いをしている、と自覚している時は、まだ俊も多少警戒していたというか、気が張っていたのだが、コーヒーブレイクを取って気が緩んだのがまずかった。

「料理も一通りできるようだが、一人暮らしをして長いのか？」

きっかけはそんな言葉だった。

「保育士になった時からなので、五年ですね」

「一人暮らしをするにあたって料理なども勉強したのか？」

「勉強っていうか、母子家庭なんで、母親が遅くなる時なんかは代わりに食事を準備しとくことも多かったから、自然と覚えた感じですね。まあ、映えのいっさいない茶色メインの料理ですけど」

と、一人暮らしのあれこれを話していた途中で、

「賃貸だと、確か契約更新があったな。家賃が上がるかもしれないとヒヤヒヤした覚えがあるが……契約更新はもう済んだのか？」

「二年ごとなので、来年ですね。前回は家賃据え置きでした」

「そうか、来年か……」

郁之はそう言ってから、

「なら、この一年で、ここで同居が可能かどうか、試してみるのはどうだ？　週の半分は家に戻り、半分はここで暮らす。そうすれば、問題点が見えやすくなる。どうしても無理

だとなれば、来年の契約更新をすればいいし、同居で問題ないと思えればここに越してくればいいと思うんだが」

合理的とも言える言葉を繰り出してきた。

「いや、それは、ちょっと」

「試しもせずに、無理だと言われてもこちらも納得できない。就職を機に一人暮らしをしたのなら、更新時期は来年の三月あたりだろう？　今からなら半年弱ある。半年あれば同居が無理な理由もはっきりするだろうから俺も納得できる」

そう言われて、断り切れず、頻繁にお泊まりするために不自由なくすむように荷物を持ってくる、という形に落ち着いたのだ。

もちろん、泊まるのに不自由ない荷物、の中にライダーグッズは含まれないわけだが、それでも持ってきたのは、晶郁と楽しめるかな思ったし、たとえ週の半分であっても自分が過ごす場所にはグッズを置きたいというマニア心からである。

「しゅんくん、きょうおとまり？」

「うん、お泊まりだよ」

「あしたは？」

「明日も明後日もお泊まりして、日曜日の夜にはおうちに帰る」

お泊まり計画は、木曜日に保育園のお迎えに行き、そのまま日曜の夜まで俊はマンションに泊まり、日曜の夜から水曜までは自宅アパート、という形である。

火曜もお迎えはあるが、火曜日は家に帰ることで合意していた。

そうしなければ家にいるのが月曜と水曜しかなくなってしまう。

「にちようび、そーどらいだーいっしょにみる？」

「うん、見るよ」

そう答えると晶郁は嬉しそうに笑って——控えめにしか自分の感情を出せなかった頃を知っているだけに、俊はその笑顔に嬉しくなった。


「で、同居には前向きになってくれてると思っていいのか？」

仕事で晶郁が起きている間に帰ってくることができなかった郁之に、いつものように今日のことを報告した俊に対して返ってきたのは、そんな言葉だった。

「……それに関しては、今日がまずスタート地点だと思ってるんですけど？」

「それはそうだが、ゴールの繰り上げはいつでも歓迎だということだけは伝えておこう」

郁之はそう言ってから、

「土曜の君の予定は？　変更なしか？」

俊の予定を確認してくる。今週の土曜は特にイベントはないので、家で晶郁と遊ぶか少し近場にお出かけするか悩むところである。

「そうか。それなら、金曜の夜は遠慮しなくていいな」

さらりと付け足された言葉の意味を理解し、見る間に顔を赤くして、

「お手柔らかにお願いします……」

そう言うのが精いっぱいの俊に、郁之は笑みを深めるのだった。

おわり

あとがき

今年も故障したクーラーの買い替え作戦の敗色濃厚な松幸かほです。ええ、相変わらず汚部屋です。片付く気が一ミリもしねぇ……、という、皆様を安心させる安定の汚部屋報告から入らせていただきます。

いや、片付ける気がないわけじゃないんだけど、片付けを始めると気持ちが萎えるっていうね……。とりあえず、兵糧作戦として「買わない」ところから始めて、徐々に使い切りを目指すのはどう？　と気の長いことを考えています（いつ終わるか不明）。

今回の主人公の俊も、多分一歩間違えたら、汚部屋というか物が多い部屋になりそうだなーという感じです。グッズ系は集め始めたら歯止めがね……しかもリペアに手を出したらその道具もなー（笑）。

で、今回もちみっこを盛ってしまった……。訳あり薄幸系ちみっこ…。ぽそぽそとしかお喋りしてくれないちみっこが、徐々に懐いてくれる様子を楽しんでいただけたら何よりです。

あ、ちゃんとイケメンパパとのラブもあります。

いや、マジでイケメンで。

今回は秋吉しま先生にイラストを描いていただいてるんですが（ありがたいことに初めてではないのですよ）、もう本当にパパがイケメン。そしてちみっこの愛らしきことこの上なし。こんな二人が「前門のパパ後門のちみっこ」状態で立ちはだかったらそりゃ俊も逃げられませんて……と思ったら俊もモテ系美青年だった……っ！

本当に美しい＆可愛い三人をありがとうございました。

いつもちみっことといえば「モンスーン」が必ず出てくるのですが、今回は「モンスーン」少なめで、代わりに他のものが出てきてます。これも、今後いろんなところで使いまわせるなと思ってます。

そんなこずるい私ですが、嬉しはずかし、作家（と書くのもおこがましい）になって二十年を迎えました。これも、すべて読んでくださる皆様のおかげです。ありがとうございます。これからも頑張って書いていきたいと思いますので、よろしくお願いします。

熱くなりそうな気配に慄いている六月上旬　　松幸かほ

松幸かほ先生、秋吉しま先生へのお便り、
本作品に関するご意見、ご感想などは
〒101-8405
東京都千代田区神田三崎町2-18-11
二見書房　シャレード文庫
「不器用社長は愛を手放さない」係まで。

本作品は書き下ろしです

不器用社長は愛を手放さない

2023年7月20日　初版発行

【著者】松幸かほ

【発行所】株式会社二見書房
東京都千代田区神田三崎町2-18-11
電話　03(3515)2311［営業］
　　　03(3515)2314［編集］
振替　00170-4-2639
【印刷】株式会社 堀内印刷所
【製本】株式会社 村上製本所

落丁・乱丁本はお取り替えいたします。
定価は、カバーに表示してあります。

ISBN978-4-576-23075-7

https://charade.futami.co.jp/